Julia R. Gilde und Robin J. Gerull

In Liebe – das Leben

Erzählung

In Liebe – das Leben

Bibliografische Information der Deutschen Nationalbibliothek: Die Deutsche Nationalbibliothek verzeichnet diese Pub-
likation in der Deutschen Nationalbibliografie; detaillierte
bibliografische Daten sind im Internet über http://dnb.dnb.de
abrufbar.

© 2018 Robin Gerull
Herstellung und Verlag:
BoD – Books on Demand, Norderstedt

ISBN: 9783752848199

Til
Anna-Lina

Inhalt

Prolog

Allein dieser Duft

Eine Freundin hat mir mal gesagt, ich hätte eine alte Seele. Wie ein greiser Magier, der bei mir wacht, die Welt, die Menschen, das Leben versteht, weil er jenseitige Zeitalter erlebt hat.

Ich bin dieser Vorstellung, bin der Spiritualität verfallen, nehme nicht nur das Konkrete wahr, die Angel in meiner Hand, das Tosen des Sturms, den Duft der Welt nach Regenguss – ich fühle die Energie und die Ästhetik, die all dies verbindet, die Ruhe leicht gewellten Wassers und des hüpfenden Schwimmers, die Wut der Winde und Wolken, die Erleichterung der getränkten Wälder und Felder nach Regen. Ich genieße jede Lebendigkeit: die meine, die der Natur, von Farben, Formen, Gerüchen. Jedes Mal, wenn ich meine Nase zum Fenster hinausstrecke, grüßt mich ein anderer Duft. Über den lauen Brisen, den fünf Kiefern zur Linken, der Bluteiche zur Rechten, die ich gerne lange betrachte, und der Stadt im Tal, umgeben von Grün, sind es doch die Gerüche, die mir das Magischste sind, wenn ich mich zum Fenster hinauslehne. Mal riecht es nach Raps, wenn es vom fernen Feld herangeweht kommt, mal nach Rauch vom Grill, mal nach alten Zeiten, deren Düfte fast vergessen sind. Zu Silvester riecht es nach Schießpulver, nach einem Regenguss gräulich-säuerlich. Diesen Duft liebe ich besonders, wenn der verkrustete Pflasterstein gespült worden ist. Nasse Kiefernnadeln. Er ist voll Hoffnung.

Heute Abend, mein Windspiel klimpert sacht, heut Abend ist es ein Odem, der mich rührt, ein frühlingsfrischer Duft ganz besonderer Art. Von üppigen Wäldern gereinigte Lüfte schmeicheln mir in diesem herrlichen Land, und die Nase zur kühlen Dunkelheit hinausgestreckt, in eine andere Welt gefallen, dichte ich schon Verse eines Lobgesangs.

> *O vergnügte spielerische Winde,*
> *streichelt tuschelnd Kronenlaub*
> *und mein Gesicht mit Düften.*

Im Tal glitzert die Stadt, am Rand liegt der See bei der Schule schwarz da, dieser See, an dem Wunder geschehen sind.

Allein dieser Duft – allein dieser Duft versetzt mich zurück in eine Zeit, da ich einmal aus eben diesem Fenster mich lehnte, mit einem Stein aber der Verzweiflung in der Kehle.

1. Kapitel

Mauve hinter Tannensilhouetten

G rau ist die Farbe des Winters. Sowie der Frühling grün, der Sommer gelb, der Herbst wohl braun ist, liegt die Welt im Winter trübselig da – schlafend, erkaltet. Bäume gemahnen an tote Krallen, die eisige Winde zerreißen, Gärten haben mit ihrer Lebendigkeit auch jeden Reiz verloren, selbst der Himmel ist seltsam farblos, als dächte er in müder Umnachtung, Blau sei doch eine merkwürdige Farbe für den Erdendom.

Alles ist starr – selbst wenn ein Vogel singt, tut er dies mit steifem Hals. Hartnäckige Kälte kriecht in jeden Winkel – mich, im Pullover, verschränkter Arme hinter der verriegelten Balkontür, mich fröstelte, mein Blick verloren in der grauen Frostwüstenei.

In Norwegen ist selbst der März noch eisig.

Jemand riss mich aus meiner fernschweifenden Trübsal zurück an den Fleck, wo ich durch meine Wollstrümpfe kaminwarmes Parkett spürte. Meine kleine Schwester, die ich liebte, schrie mir zu, es gebe Middag, wie man bei uns das Abendessen nennt. Ich murmelte etwas, der Blick auf ihren flinken Fersen, die schon die Treppe hinaufrannten. In lustlosem Trott folgte ich ihr und nahm murmelnd die Tischgruppe zur Kenntnis, die sich um eine Platte Fisch mit saurer Sahne versammelt hatte.

„Es gibt Fisch!", schrie meine Schwester und zog meinen Stuhl neben sich zurück. Ich setzte mich und starrte wortlos in die Leere über dem Fisch. Papa tat mir energisch auf; im Sommer ist er herzlich, seine Halbglatze glüht rot und sein buschiger Schnurrbart kräuselt sich gerne über einem Lächeln – jetzt hüstelte er verhalten vor sich hin und bestritt es immer, wenn seine Frau darauf zu sprechen kam.

Das Klappern und Schmatzen beim Essen hallte in der Küche wider, wir schwiegen. Bitter starrte ich zum Fenster hinaus auf eine Wiese, deren Grün das Leben fehlte. Kaum zu glauben: Schon im Frühling springen wir darüber wie toll und um uns her leuchtet und summt die Welt. Nur das Wetter muss grauen und schon legt sich eine Melancholie über alles, was fröhlich sein kann.

Ein Schmerz lag in mir begraben, der mir fremd doch ureigen war. Das Ereignis gestern hatte Pforten in mir aufgestoßen und diese Bestie freigelegt. Sie fraß mich von innen auf.

Meine Kehle brannte und ich schlang den Fisch hinunter, stand auf, stellte den Teller weg, obwohl ich noch hungrig war, und murmelte: „Takk for maten, danke fürs Essen." Kein Dank lag in meiner Stimme oder meinem Herzen, nur Bitterkeit.

Meine Mutter schaute auf. „Geht es dir nicht gut?"

„Der Winter", sagte ich nur und zog mich zurück in mein Zimmer, unten im Erdgeschoss.

Wieso nur ist der Mensch zu so viel Leiden fähig

schrieb ich in mein Notizbuch, „Skrivebok" war in den hellbraunen Ledereinband graviert. Ich hatte auf meinem Bett gelegen und stumme Tränen hatten mir Seele, Kehle und Wangen verbrannt.

Wieso nur ist der Mensch zu so viel Leiden fähig, wenn doch Glück und Zufriedenheit für ihn gemacht sind? Was gibt uns die Fähigkeit zu so viel Schmerz eines aufgelösten Herzens, zum Erleiden von emotionalem Chaos – wer ist so grausam?

Ich starrte aus dem Fenster auf die schneelosen Häuser im Tal, die schon mit Lichtern die Nacht verscheuchten.

Oder sind es diese Phasen höchster Verzweiflung, die uns mehr ausmachen als unser Glück? Zeichnet es ein jeden aus, wie und warum er leidet? Ist dies unser tiefster Wesenszug? Dann wüsste ich gerne, wie mein Wesen ist, dass es meine Brust und meinen Kopf zerreißt. Dies ist eine Wunde, die heiß blutet und brennt, rumort in gelasseneren Phasen und dann wieder reißt.

Jetzt war ich ganz klar im Kopf. Jetzt sah ich meine Verzweiflung von außen und sah, wie scheußlich und stark diese Bestie war.

Bin ich in der Lage, allein mit diesem Schmerz fertig zu werden?

Ich teilte meine Trauer nicht. Ich versuchte, mit all meiner jugendlichen Weisheit allein gegen so etwas Urgewaltiges und Uraltes wie Trauer anzukämpfen. War sie nicht von der Natur dafür geschaffen, dass der verzweifelte Hilflose aus Mitleid und Liebe gerettet wird? Es war widernatürlich, so wie ich heldentrotzig nicht die Wunde zu teilen.

Etwas zerriss mein Inneres, Blut rauschte heiß durch meinen Körper, meine Seele schrie. Die Schale saß teilnahmslos da und starrte aus dem Fenster in die dunkelnde Welt. Konnte man das Feuer der schrecklichen Erkenntnis hinter meinen Augen toben sehen?

Ich hatte niemanden, mit dem ich meine Wunde teilen konnte. Meine Schulfreundschaften waren oberflächlich, man mochte mich, aber ich war in meinem Wesen ein Außenseiter, der nicht zu einer Gruppe sich zugehörig fühlen konnte.

Unentzündlich – so hockt meine Gestalt
Neben dem Feuer der Andern
Kühl – nur hören tu ich ihre Freude,
Spüren kann ich nichts

Ob dies Gedicht, im Unterricht gekritzelt, verbittert ist, weiß ich nicht, wusst ich nicht, als ich es schrieb. Nun merke ich, dass es schlimm ist. Dass ich niemanden habe – wie konnte ich mich nur so verlieren?

Sonst kann ich mit meinen Eltern über alles sprechen. Jetzt fühlte ich mich von ihnen entfremdet, vielleicht durch den Winter, vielleicht durch meine intimen Wunden.

Ich folgte einem seltsamen Impuls, als ich zu meinem Bücherregal schritt und meine Gedichtesammlung herauszog. Wieder am Schreibtisch blätterte ich entschlossen im Ordner und fand das Gedicht, das ich einst vergnügt, wohl zu warmer Jahreszeit, geschrieben hatte:

Ich lebe, denn das Jetzt ist hier,
Und ich bin mittendrin
Niemand ist, wenn er nicht fühlt,
Und ich fühl Energie

Die ganze Zukunft ist voll Leben,
Jeder Tag fasst Hier und Jetzt
Ich singe, denn die Welt ist schön,
Und ich bin mittendrin.

Naiv war ich, als ich dachte, für immer glücklich zu sein. Einen Unsinn hab ich gedacht, nur weil ich Erkenntnisse von Tiefe hatte, die vielen Menschen dieser Welt wohl nicht vergönnt sind. Leben heißt Wandel, Glück aber heißt Bleiben und Behalten. So kommt und geht immer anderes Glück und zwischendrin ist Zweifel und Verzweifelung.

Also schrieb ich:

Bin ich in der Lage, alleine mit diesem Schmerz fertig zu werden? Und wo führt er mich hin?

Damit schloss ich das Skrivebok und verstaute es in meiner Schublade, stellte den Ordner mit Gedichten zurück und fuhr dabei mit der Hand liebevoll über den Rücken meines liebsten Buches. Der Pfad des friedvollen Kriegers, das Idealbild eines Erleuchteten, der im Hier und Jetzt lebt und nichts braucht für sein Glück. Auf dem Weg zur grundlosen Zufriedenheit hatte ich es wohl schon weiter gebracht als viele Bedauernswerte dieser Welt. Ich nenne sie Durphasen, wenn ich mit mir selbst im

Reinen bin und nichts mich aus der Ruhe bringen kann. Einmal sagte ich: „Dafür lebe ich, für meine Durphasen." Ich sitz im Garten und bade in Wärme, in den hellen Klängen der Natur, schließe bei jeder Brise die Augen und schnurre. Fantastisk! Könnt doch jeder Mensch solch Glück erleben – ja, das wünsche ich der Welt!

Ich saß brütend am Fenster und blickte hinaus – starr, ohne Regung des Körpers, ein Sturm in der Seele und im Kopf, wo der Mensch Emotionen breitzutreten pflegt. Auf Dur folgt Moll und so bin ich dann trübe, die Welt hat ihre Wunder verloren. Nicht direkt traurig bin ich dann, nur ernüchtert.

Und nun hatte sich Verzweiflung untergemischt, seit gestern mir die größte Urgewalt erwacht war, die im Menschen schlummert ...

Hätte ich denn ahnen können, dass meine kleine spontane Entscheidung, mich mit meinem Mittagessen an ebendiesen Tisch zu setzen, so tiefe Folgen haben würde? Nein, man weiß nie, was aus einer Entscheidung erwachsen wird, wie viel man auch plant und berechnet. Um Schwung in unser Leben zu bringen, mag es wohl aber hilfreich sein, das Neue und Unerwartete anzunehmen, ja einzuladen. Wie sonst hätte sich mein Leben wandeln können?

Ich legte meine Papiertüte mit belegten Broten zaghaft fragend auf den Tisch, der am Fenster stand. Lars, ein junger Lehrer, lud mich herzlich ein, mich zu setzen, zu sich und den drei Mädchen, die ungezwungen lachten und plauderten. Ich stellte mich vor, als ich saß, die eine strahlte mich an mit einem so warmen Lächeln, wie ich es noch nie gesehen hatte. Erst später fielen mir über den wunderbaren Lachfalten die grüngefärbten Haare auf.

„Hei, ich bin Smilla", sagte sie und ich fühlte mich seltsam geborgen in ihrem Lächeln – schalkhaft, aber aufrichtig.

Die Zweite wirkte kindlicher im Gesicht, rote Wangen und schulterlange aschblonde Haare waren ihr eigen, und sie lächelte auf eine ganz andere Weise, grimmig wirkte es mir, aber herzlich.

„Ich bin Ida", stellte sie fest und hob erwartungsvoll die Brauen, „was verschafft uns die Ehre?"

„Ich weiß nicht." Verlegen knisterte ich mit meiner Papiertüte. „Neue Menschen kennenlernen." Das sagte ich so dahin, ohne zu wissen, wie viel Wichtigkeit und Wahrheit darin lag.

„Und du, wer bist du?", wandte ich mich an die Dritte, die mir schräg gegenübersaß.

„Ich heiße Annika", antwortete sie heiter mit einem Lachen, das nach einem hellen Windspiel klang. Sie heißt Annika – nun, wer sie aber *ist*, hatte sie nicht ausgesprochen. Was hinter den leuchtenden Augen steckt, unter dem verwegen zur Seite geworfenen kurzgeschnittenen Blondschopf. Es sollte mir lange ein Rätsel bleiben, so mitteilsam und der Außenwelt zugewandt sie auch sein mag. Woher kommt all diese Energie, die ich zu mir herüberschwappen spürte? Wie können Augen nur so

leuchten, kann ein Lachen nur so leicht und lebensbeja-
hend klingen?

Meine Unsicherheit versickerte schnell, so ungezwungen ging es an diesem Tische zu, so selbstverständlich
wurde ich aufgenommen. In allen Gesprächen, ob über
Hausfüchse, Urlaubspläne, Lektüre oder Menschen-
würde, schwang eine angenehme Tiefgründigkeit mit,
die ich sonst in solchen Plaudereien vermisste. Jeder Ge-
dankengang, den ich äußerte, wurde verstanden, jede
Frage beantwortet mit weiblichem Witz und jugendli-
cher Weisheit, was ich bei meinen Schulfreunden wohl-
weislich nicht erwartete. Von meinen Eltern höchstens
noch, doch ihre Antworten befriedigten mich nicht
mehr, waren vorhersehbar – ich liebte sie, doch kannte
ich sie zu gut, um auf Überraschungen zu hoffen. Diese
drei Mädchen aber waren mir von frischem Geist, lebendig wie der Frühling, nicht wie meine Eltern herbstlich
müde.

O hätte ich gewusst, dass ich sie so bald wieder verlieren
würde, dass diese Freundschaft so labil war, dass ich so
dumm sein würde, sie zu verletzen. O ich Armer. O arme
Annika.

Ich freute mich so sehr über die drei, dass ich unter-
drückter Luftsprünge ja! jauchzte, als Lars meinte, nach
der Schule mit uns an den See spazieren gehen zu wollen. Abgemacht wars und ich gehörte zur Gruppe wie
schon immer dabei. Lars kannte ich als Lehrer und
Freund, mit blonden Rasterlocken, zum Zopf zurückgebunden, dem Schüler immer wie ein Gefährte zugewandt, der auch selbst lernen wollte, nicht nur Philoso-
phie lehren, Musik und Sport.

So gingen wir beim Läuten auseinander – heiter, ich voll Vorfreude, die den Unterricht zum Steinbruch machte, den ich mühsam, mit fernschweifenden Gedanken, bezwang, bis es endlich zum Ende läutete und ich hinausschritt, dem schicksalsträchtigen Frühabendlicht entgegen.

Der Winter griff als Wind unter meinen Mantel, kahle Bäume schwarzer Stämme fröstelten rauschend, das Gras war dorr am Waldwegesrand. Fiebrig auf- und abschreitend, jeden Schüler musternd, der aus der Tür die Wärme verließ, einen raschen Heimweg im Sinn, die tauben Finger mir wärmend, wartete ich, meine Tasche mit Handschuhen im Spind wissend, aber verharrend, um nicht meine neuen Freunde zu verpassen.

Nur noch vereinzelt tröpfelten vermummte Schüler heraus, immer banger wurde mir; ob ich vergessen worden war? Hatte ich mich übermütig in den Mädchen geirrt, und in Lars?

Da schlug die Tür, mein Herz ihr gleich, als ich im Umwenden die vier Wundermenschen sah, wie ich sie eines Tages voll Respekt nennen würde.

„Wir waren noch mit Siri zugange", rief Smilla mit den grünen Haaren mir zu. „Musstest du lange warten?"

„Warten macht mir nichts", lachte ich, „auch die Kälte nicht – nicht, wenn ich solch lieber Menschen harre."

„Zum See!", jubelte Annika und wir machten uns scherzend auf den Weg.

Um zweie schon, wie wir es hatten, graute der Winterabend. Der See lag stille da, aus weißem Eis, das Laute zu verschlucken schien. Allein zu fünft umrundeten wir ihn, bis wir ein offenes Rondell aus Stöcken fanden und uns niederließen. Lars und Smilla saßen mir gegenüber, Ida mit ihrer Gitarre am Rand neben mir, zu meiner Rechten Annika. Viele Lieder kannten die vier, ich selbst hörte selten Musik, spielte lieber Eigenes am Klavier. Dennoch summte ich mit, Ida griff Akkorde, und Lars, Smilla und Annika sangen englische Texte. Sacht hallte die Musik über den weißen See, mauve war der Himmel hinter Tannensilhouetten. Seltsam berührt knetete ich meine Finger und starrte hinaus auf das Glitzern, das der Winter der Welt brachte. Mein Summen versiegte. Nicht nur der See, auch dieser Moment, die magische Stunde war eingefroren. Die Dämmerung lauschte. Diese magische Stunde war mir in Kristall gefroren, ein Juwel in meinem Herzen, das vor Rührung weinte. Ich genoss die Trauer darum, dass dieser Moment, so lange er auch währte, vergehen würde wie eine Schneeflocke auf der Fingerkuppe unter dem staunenden Auge des Menschen. Ich genoss die Trauer, wie man Trauer nur genießen kann, wenn man das Leben liebt und mit sich selbst im Einklang ist.

Mein Herz stand offen, pulsierend das Leben erspürend, das über uns hing. Mein Herz stand offen, um all die subtile unirdische Schönheit aufzunehmen, die das Hier und Jetzt barg. Dieser Moment war rein, war reine Ästhetik, war ein Beweis, dass es solche noch gab in der Welt und man nur lauschen, nur sein Herz öffnen musste.

Andächtig drehte ich den Kopf, ließ meinen Blick über die Wundermenschen gleiten, welche die Dämmerung

mit Gesang verzauberten. Und mein Blick traf den Annikas, die wie ich stumm war und milde lächelte. Milde wie
der Wind über uns die Blätter frösteln ließ.

Ihre Augen sind hellblau, voll Lebendigkeit, voll Klug-
heit, voll Verständnis. Energie lodert hinter ihnen, Energie, die mein Herz flutete, die pure Liebe war. Sie strömte
durch meine Brust, meine Glieder – eine Wärme, die die
Kälte selbst aus meinen Fingerkuppen vertrieb. Und aus
einer Freundin wurde eine Geliebte, so wie es nicht hätte
sein dürfen.

2. Kapitel

Lebe wohl

Wenn ich einatme, rauscht es und kühle Wellen umspülen meine Zehen. Dann atme ich aus und spüre, wie der Sand sich unter meinen Füßen bewegt. Felsen drücken gegen meinen Rücken, sie liegen schwer im Sand, wie Anker. Wie Anker, die mich festhalten wollen, damit ich nicht, wie der beneidenswerte Ozean, in eine Traumwelt treibe.

Kreischende Stille umgab mich, blendende Finsternis. Temperaturlos war die muffige Luft meines Zimmers, nur etwas zu kalt an der Haut, dafür zu warm unter der Decke. Die schlaflose Leere über mir glotzte mich an, die Welt schwieg trügerisch still, als würde sie schlafen, doch war sie hellwach wie ich.

Meine gehetzten Gedanken gebaren immer wieder Annikas leuchtendes Gesicht, ihr helles Windspiellachen, verhöhnten mich.

Sind wir Gleichgesinnte? Bin ich nicht zu exzentrisch? War es Liebe, die mich aus ihren tiefen hellblauen Augen angefunkelt hatte? War es Liebe? Strömte auch durch sie diese Energie? Oder war es Trug gewesen?

Stumm schreiend ballte ich meine Fäuste. Konnte nicht Schlaf mich erlösen und den Morgen bringen, da ich sie wiedersah?

Ich wälzte mich in blinder ohnmächtiger Wachheit noch stundenlang in meinem Bett, notierte ziellose Gedichte:

Wie reitet man Nächte, die wilden Mähren,
Wie kann man sie zähmen, wie steigt man ab?

Wenn Träume die Schatten der Tage sind,
Ist ein Tag ohne Schlaf ein Gespenst.
Wenn Träume die Korken der Tage sind,
Flieht dem Tag ohne Schlaf guter Wein.
Wenn Träume die Echos der Tage sind,
Was ist dann ein Tag ohne Schlaf?

Wird der Sandmann senil und versäumt
Insomnische Seelen, die so gerne träumten?

Ich taperte lautlos durch mein Zimmer und dehnte meine Glieder, trank Wasser und ging in das Bad, ließ eisige Luft in mein Zimmer herein, las bei grellem Licht Seite um Seite, ohne die Worte zu greifen, knüllte voll Frust mein Kissen zusammen und legte mich ohne es nieder, bis mein Nacken schmerzte. Schließlich brachte Erschöpfung rastlosen Schlaf.

Anderntags war der Unterricht umso mehr eine Qual. Ich gab mich höflich scherzend wie immer, war aber unkonzentriert und gereizt, hoffend, niemand bemerke es.

Zuletzt den Blick nur auf der Uhr, deren Zeigen greis mir waren, wie sie krochen auf ein weit entferntes Ziel doch zu. Drei, zwei, eins – kein Läuten? Eine Minute wohl noch. Hatte jemand mein Stöhnen gehört? Träge wirkt ich wohl nach außen hin, innerlich tobte Erregung. Drei, zwei, eins –

Das Läuten explodierte, meine Erwartung ihr gleich. Wie eine Katze, die gelauert hat, stürzte ich mich auf die Tür und die Treppen hinunter zur Mensa, an meine Brottüte kein Gedanke. Ganz wie gestern musst ich warten, rastlos warten, bis ich zittrig zwischen pausenfreudigen Gesichtern Annikas Leuchten gewahrte.

Ida und Smilla folgten, Lars nicht, er hatte donnerstags frei. Zu viert setzten wir uns an den Tisch am Fenster, ich schmuggelte mich neben Annika.

„Fein war das gestern!", lachte Smilla, unsicher nickte ich und versuchte mit einem Seitenblick eine verräterische Regung in Annikas Zügen auszumachen.

„Schön, dass du dabei warst", meinte Ida mit der Gitarre, „auch wenn du nicht singen wolltest."

„Ich kannte ja die Lieder nicht." Ob sie merkten, wie ich mir Fröhlichkeit in Aug und Stimme zwang?

„Macht nichts", lachte Annika, mein Herz jauchzte. „Ich sah es dich sehr genießen, das machte mir Freude." Spielte sie auf etwas an?

„Genuss finde ich sehr wichtig im Leben", sagte ich nachdenklich, meine Worte eifrig zurechtlegend, „viele Menschen vergessen die Schönheit der Dinge und den Genuss übers Streben danach. So nicht ihr, mein ich?"

„Nein, ich kann sehr gut genießen", sagte Annika ernsthaft, „das Mauve hinter Tannensilhouetten, Feuerwolken im Abendgrauen, die filigranen Kunstwerke schwarzer Verästelungen, bewegt unter weißem Himmel. Der Winter ist so bunt wie jede andere Jahreszeit, nur sind die Farben oft versteckt."

„Wie recht du hast", sagt ich und staunte, wie gewählt doch ihre Worte waren. Fand ich noch eine verwandte Dichterseele in ihr? Doch wo war das Feuer für mich, das ich suchte? War sie nicht wie immer? Bildete ich mir etwas ein?

Schon läuteten die Pausenglocken, so bald warn wir getrennt. Wohl musst ich übel darauf warten, bis wir uns wiedersahen.

Wie zweimal schon im Unterricht wälzte ich Gedanken. Nichts bewies mir ohne Zweifel, dass Annika empfand wie ich, doch war es möglich? War es möglich? Jawohl und juch!, das war es wohl.

Etwas sagte mir – etwas unwillkommen Ehrliches –, dass etwas da nicht stimmte. Ach, dieses Mädchen war mir ein Rätsel! Und wie wünschte ich, dass alles wie vorher war. Zurück gings wohl nicht mehr, das war gewiss, nur vorwärts in die Liebe oder seitwärts in Abgründe, die ich schon kannte und fürchtete wie den Tartarus.

Vor einem Jahr verguckte ich mich in ein Mädchen, kurz: Es wurd nichts draus. Viel könnte ich darüber schreiben, darum soll es nur nicht gehen.

Verzweifelung, welch starkes, starkes Wort!, sie fürchtete ich, so erlag ich ihr langsam und sicher. Ohne jemanden anzusehen, die anderen schrieben in ihre Hefte, die

Lehrerin war ähnlich zugange, huschte ich aus dem Klassenraum und in das Badezimmer. Und dort, hinter verschlossener Tür, brach sie aus, die Verzweiflung. Ein Gefühl, als stürze der sichere Boden des Lebens in bodenlose Schwärze, als müsste ich mich an das Letzte klammern, was noch blieb. Es war wenig: nur ferne Zukunft, in der all dies vorbei wäre.

Ich weinte mit stummen Schluchzern und ohnmächtigem Zittern meiner Hand, die in hoffnungsloser Geste über meinen Augen lag. Nichts brachte die unschuldigen Stunden zurück, da ich die drei Mädchen meine Freunde nennen durfte. Und nichts würde Annika mich lieben machen, was ich in meiner Verfassung zu tun fähig war. Mir blieb nur Gram.

Aus meinen verweinten Augen hatte sich etwas abgewandt, wie ich im Spiegel mit dumpfem Schrecken bemerkte. Mein letzter Plan war bedauernswert, es war eine Art Abschied. Mit einem letzten Tropfen Hoffnung.

Gefasst kehrte ich in die Klasse zurück und wartete ungeduldig auf die Pause. Was die Lehrerin erzählte, war mir so belanglos, hatte so wenig Tiefe, war mir so fern. Wo ich sonst auf der Stuhlkante gesessen hätte, ein Vortrag über Adverbien, da stierte ich nun teilnahmslos aus dem Fenster in die trostlose Natur, Farben sah ich keine.

Ein gebrochenes Herz schon musste ich verkraften, ob meine hochzarte Dichterseele nach einem zweiten wohl noch würde empfinden können? Konnte man mir das antun? Konnte ich es verhindern? Alles würde stehen und fallen mit Annikas Worten. Wie hatte es nur so weit kommen können?

Noch war die Hoffnung mir gegeben, dass alles sich zum Guten wandt, dass sie mich liebte – doch auch die Angst vor dem, was mein Verstand schon längst erkannt und ich nur noch nicht hingenommen hatte: Sie war zwar ein Wundermensch, doch keiner, der mich liebte. So hart es war.

Es läutete und ich stand auf. Mit tapferer Entschlossenheit schritt ich hinab zur Mensa und wartete geduldig, lange. Ganz ruhig war mir wieder, als würd ich mich von außen sehen, mich Seltsamen, den mich Wetter nicht und Meilen nicht, keine Beleidigung, kein angestoßener Zeh erschüttern konnte – aber ein Abend mit etwas Musik und der bescheidenen Schönheit von Winter und Lächeln entgleisen lassen! Solch Urgewalt ist Liebe doch, die alles segnet und mit einem Sinn verbindet. Solch Urgewalt ist Liebe doch, die bodenlose Klüfte in Herzen reißen kann.

Es läutete und ich ging hoch, geknickt, fast taub. Noch einmal warten, es war mir gleich.

Ich vergrub mich in Grübeleien und gab vor, meine Blätter zu bearbeiten. War meine Trauer noch echt? War sie nicht verzerrt durch meine Gedanken? Bei einer Depression, hatte ich gehört, sind Trauergefühl und Verstand gefangen in einem ewigen Kreis, dem man nur dadurch entkommen kann, dass man das ziellose Kopfzerbrechen als solches entlarvt und die Gedanken entfremdet.

Depressiv war ich wohl nicht, denn ich fühlte mich abgestoßen von meinen Gedanken, wollte am liebsten sie fallenlassen und weglaufen, war meiner Trauer als eine breitgetretene bewusst, verstand sie als schwarze Schlucht, sah mich fast am Abgrund taumeln, kurz davor, hineinzustürzen. Der Winter zermürbte mich, mein Herz war schon einmal verletzt worden von einem Mädchen und jetzt war ich nicht mehr Herr meiner Gefühle. Es war mir zu viel, meine Grenze war übertreten vom Schicksal, meine Abwehr geschwächt.

Ich blinzelte. In meiner erbarmungslosen Selbstmarter hatte ich das Arbeitsblatt in kleine Stücke zerrissen.

„Geht es dir gut?" Ich zuckte zusammen. Langsam wurde ich meiner Umgebung gewahr, der kühlen konkreten Welt, der alle Geistesgüter und Gefühle verborgen waren. Meine Lehrerin beugte sich zu mir herab.

„Ja", sagte ich tonlos und erhob mich, „ich geh auf die Toilette." Mir waren die verwunderten Blicke meiner Mitschüler und Lehrerin bewusst. Was dachten sie gerade von mir? Es war mir gleich, ich musste allein sein. Ich konnte meine verworrenen Gedanken nicht teilen. Niemand würde mich verstehen – und selbst wenn. Dies war ein Kampf zwischen mir und dem Leben. Den musste ich für mich ausfechten.

Ich verließ das Bad, geweint hatte ich nicht, nur verwirrt auf den Boden gestarrt. Bjarne, meinen Mathelehrer, bemerkte ich erst, als er mich ansprach: „Hallo! Wie gehts?"

„Ganz gut." Welch Lüge, sogar lächeln tat ich. Und zu meiner Überraschung, meinem Entsetzen, schluckte er die Lüge wie einen süßen Keks: „Das freut mich. Na dann, bis morgen!" Und er verschwand um eine Ecke. Grübelnd verharrte ich.

Jeder trägt seinen eigenen Konflikt in sich, niemand kann wissen, wie sich die anderen fühlen, ob sie nicht gerade innerlich toben oder schluchzen und nur äußerlich lächeln und Wohlbefinden verkünden. Wie sind die Sinne des Menschen doch oberflächlich, dass er nicht einmal das Grundlegendste des Lebens in seiner Tiefe erspüren kann. Hunde und Katzen sind uns überlegen, nicht nur in Geruch und Gehör, nein, auch in Empathie. Dafür durchdenken wir Menschen alles, rationalisieren, wissen ... O wie mich das abstößt! Der Mensch mit seiner widerlichen Maskerade, mit seiner Heuchelei, mit seinen Lügen. Mit seiner oberflächlichen Freundlichkeit oder rücksichtslosen Grantigkeit. Alles dem Verstand entwachsen, dem größten Gift in der Natur. Dieses Gift, dieser Verstand, der meine Trauer verzerrt und entfremdet. O wie mich das abstößt, dass ich selbst darin gefangen bin, dass ich selbst so unnatürlich bin und lüge und lächle – o wie ist das abscheulich! Und wenn ich allen zeigen würde, wie ich mich tatsächlich fühlte, wenn ich schreien, mir Haare ausreißen würde, wenn ich versuchte, meine Seele zu erbrechen, wäre ich bald allverlassen. Das wär der Preis für Ehrlichkeit. O wie ist das doch abscheulich, o wie ist der Mensch doch falsch! Von all den Worten, die er sagt, ist jedes tausendste nur wichtig und fast keines wirklich aufrichtig. So belügt der Mensch sich selbst, so begräbt der Mensch sich selbst.

Ich würde einen Akt unerhörter Ehrlichkeit vollbringen. „Annika", würd ich sagen, „ich will dir was erzählen, hast du kurz Zeit?" Und ich würde ihr vom Mittwochabend erzählen und fragen, was sie empfand, ohne

Umschweife. Und würde sagen, ihr könne ich keinen Vorwurf machen, dass sie mich nicht liebte, und würde erhobenen Hauptes nach Hause gehen. Das würde ich tun und mir in die Augen schauen und sagen: „Ich war ehrlich. Sie war ehrlich. Jetzt weiß ich es sicher, jetzt kann ich weitergehen."

Nach der Schule also passte ich sie ab, wir gingen vom Ausgang weg zwischen ein paar Bäume, ich starrte verlegen auf einen Baumstumpf, Annika war etwas verwirrt.

„Annika, gestern am See", es gab kein Zurück, welche Erleichterung, „als der Himmel so schön, der See so ruhig, wir alle im Einklang waren", wusste sie schon, was ich sagen wollte?, „als wir uns in die Augen schauten ..."

„Ja?" Lag Hoffnung in ihrer Stimme, war es möglich?

„Da fühlte ich so ein Flattern in der Brust", was redete ich da?, „ich sah in deine leuchtenden hellblauen Augen und spürte deine Energie ..." Ein flüchtiger Blick in ihr Gesicht, sie starrte zu Boden. So zerbrechlich, doch so lebhaft. Was für ein Mädchen, was für ein Mensch!

„Hast du das auch gefühlt?" Ich glaube, meine Stimme klang tonlos, vielleicht eine Idee flehend.

„Es tut mir leid", sie schaute auf, ich begegnete ihrem Blick. „Ich habe zurzeit wirklich kein Interesse an so etwas." Ich stürzte. Mein Körper blieb wie durch ein Wunder, wo er war, doch mein Inneres stürzte in sich zusammen wie ein gepeitschtes Glasgebilde.

Irgendwo war ich dankbar für diese Ehrlichkeit, doch ich selbst war zu solcher nicht mehr fähig, als ich sagte: „Das ist okay." Es war mein Kampf mit dem Leben, sie konnte nichts dafür. „Ich mache dir keinen Vorwurf. Jetzt weißt du es wenigstens." Ich schluckte, tapfer fuhr ich fort: „Jetzt weißt du, wie ich mich fühle. Ich bin zurzeit emotional überfordert, das ist nicht deine Schuld. Ich weiß nicht mal, ob es daran liegt, dass ... was gestern vorgefallen ist. Mach dir keine Sorgen um mich. Lebe wohl." Und ich ging ohne zurückzusehen nach Hause. Ich glaube, sie blickte mir hilflos hinterher, vielleicht sagte sie noch einmal „Tut mir leid".

Die Welt schwamm grau um mich herum, in mir klaffte Finsternis.

3. Kapitel

Das Höllenfeuer meiner Seele

Ich saß brütend am Fenster und blickte hinaus – starr, ohne Regung des Körpers, ein Sturm in der Seele und im Kopf, wo der Mensch Emotionen breitzutreten pflegt.

Und nun hatte sich Verzweiflung untergemischt, seit gestern mir die größte Urgewalt erwacht war, die im Menschen schlummert ...

Vielleicht war es mutig gewesen, vielleicht töricht, mit Annika mein Leid zu teilen. Vielleicht wäre ich sonst aufgebrochen wie ein Ei, in dem seelischer Schmerz gewachsen war. Niemanden hatte ich, der mich angehört hätte. Ich bereute es, selbst sie hatte ich verstört. Mein Herz hatte ich leerem Papier ausgeschüttet, ein stummer Freund, der ewig lauscht und jede Sorge stoisch trägt. *Wieso nur ist der Mensch zu so viel Leiden fähig?* Wer sonst hätte sich dies himmelschreiende Selbstmitleid angehört?

Mein Blick pilgerte über meinen Bücherschatz, Portale in fremde Welten, wo meine Ängste nicht heimisch waren, wo ich alles vergessen konnte und für selige Stunden jemand anderes war. Gerne betrachtete ich sie, ihre geraden Rücken, die geheimnisvoll in Reih und Glied standen und verführerisch tuschelten. Nachdenklich verharrte ich mit meinem Blick auf der *Bücherdiebin*. Ein Roman, der bewegend die Schrecknisse des zweiten Weltkrieges in Deutschland zeichnete. Unvorstellbares

Grauen von Verlust, Ungewissheit, Unmenschlichkeit – mir so fern wie das dunkle Mittelalter. Wie konnte ich mir nur anmaßen, traurig zu sein und zu denken, ich wisse, was Verzweiflung ist? Wenn dies schon die Grenzen des Erträglichen für mich sind, würde es mich um den Verstand bringen, wenn eine Bombe alle Menschen tilgte, die mir lieb waren? Was brach mir ein Mädchen das Herz, das ich vorher nie gekannt, wenn es doch so viel größeren Schrecken geben konnte? Was war es, das meine Gefühle mit denen der im Krieg Leidenden verband?

Der Mensch gewöhnt sich schnell an Umstände, die er nicht ändern kann, das hat uns die Natur vermacht. Schnell hätte sich ein abgemagertes Kind aus damaliger Zeit an den heutigen Wohlstand Europas gewöhnt und würde alsbald profanes Leid erleben.

Es ist mein gutes Recht, zu trauern, so weit kommt es noch, dass ich mir darüber Schuldgefühle einrede. Es ist mein gutes Recht, und ich muss mich mit niemandem vergleichen, dessen Leid mich viel mehr fordern würde. Für mich ist mein Weh ein tiefes, das kann mir niemand zum Vorwurf machen. Wie war das? Ich kramte mein Skrivebok hervor:

Zeichnet es ein jeden aus, wie und warum er leidet? Ist dies unser tiefster Wesenszug?

Vielleicht zählt auch, ja, wenn nicht mehr, was wir aus unsrem Leiden schließlich machen …

Das also – mein Gott, ich bin gefährlich! Jede Emotion ist in ihrem Extrem unkontrollierbar, jede kann Tränen bringen, bei jeder wird man zum Tier: Panik, Begeisterung, Verzweiflung und Raserei. Alles kenn ich schon, auch die manische Feuersbrunst, die zerstörerische, geächtete. Aber nie hatte ich so viel in so kurzer Zeit empfunden, eine wahnsinnige Fahrt, die mich an den Rand gebracht hatte, immer näher an nackte Natürlichkeit, an Freiheit heran, die ich mir nicht erlaubte, wider besseres Wissen.

Schwer atmend stierte ich auf das unerträglich ruhige Weiß des Eises, hockend an jenem heiligen Platz, wo vor zwei Tagen die Fahrt in mein tiefstes Urselbst begonnen hatte. Ich hatte mich erfahren wie nie zuvor, in lodernder Lebendigkeit, und hatte mich vor mir selbst gefürchtet.

Erst heute am Freitag gipfelte es und wies mir auf, wie entfremdet ich war. Nie wieder würde ich in die Schule zurückkehren können, ich musste fliehen ...

Am Vormittag hatte ich mich in Apathie versucht, um nichts nach außen dringen oder an mich heran zu lassen. Stumm starrend hockte ich auf meinem Stuhl. Die Außenwelt war nur ein Dröhnen in meinen Ohren und ein Flimmern vor meinen Augen.

„Was ist los mit dir?"

„Ich hab nicht gut geschlafen." Bald wurde ich in Ruhe gelassen, welch Segen. In den Pausen blieb ich oben, um nicht den Mädchen zu begegnen und müßige Fragen mit

Lügen bekämpfen zu müssen. Mein Mathelehrer runzelte über mich die Stirn, sprach mich aber nicht an, ob aus Verständnis oder Unverständnis kann ich nicht sagen, mir war es egal.

Und wie eine bedrohliche Gewitterwolkenburg rückte der Sportunterricht mit jedem lahmen Ticken der Uhr über der Tür näher. Ich wollte nicht, ich konnte nicht, doch ich lief mit, zog mich um und betrat die Halle; ein stummer Fels in der Brandung kreischender Schüler. Schwacher Beine setzte ich mich auf die Bank am Rand und beobachtete mit sich rasch türmender Panik die ungezähmte Meute. Beneidete sie um ihre sorglosen Spiele, fröstelte in einem Windzug.

Die Sportlehrerin kam herein und rang minutenlang, bis alle saßen, mühsam gezügelter Lebendigkeit. In mir hatte jeder Gedanke Widerhall, denn mir fehlte jegliche Energie. Fühlte ich mich sonst der Gruppe fremd, war ich jetzt wie von anderen Sphären, herabgestiegen in eine Welt absurder Sitten und Kultur. Alles perlte an mir ab, war mir lästiges Rauschen, das ich nicht abstellen konnte. Ich hätte mich bei der Sportlehrerin entschuldigen lassen, einfach gehen können. Das war mein sehnlichster Wunsch, das Bedürfnis meines tief erschöpften Körpers, Geistes, meiner zermürbten Seele und Energie.

Doch etwas ließ Trotz und Ehrgeiz in mir aufglühen. So häufig floh ich feige vor Trubel, wenn ich mich unwohl fühlte – vielleicht war es ja eben jetzt das Mittel zur Erlösung. In diesem Moment war ich überzeugt, dass es mir sicher mehr half als Flucht, dass niemandem etwas geschah, wenn ich es ausprobierte.

Es drang an meine Ohren, dass für Basketball gestimmt worden war und kurzentschlossen sprang ich auf, der Würfel fiel.

Beim Spiel, im Wirbel von quietschenden Schuhen, erregtem Rufen, rennenden Beinen und rudernden Armen, war ich seltsam verbissen, als müsste ich mir beweisen, dass ich genauso heiter sein konnte wie meine Mitschüler. Ja, ich beneidete sie um ihr ungezwungenes Lachen. In Momenten grimmiger Genugtuung, wenn ich einen Korb traf oder raffiniert an den Ball kam, mag sich ein Lächeln oder Feixen in meine erhärteten Züge verirrt haben. Darüber hinaus erfuhr ich nichts. Und zunehmend zermürbte mich der Lärm, die Hektik, die Hitze. Ich triefte und keuchte, hielt mir krampfhaft die Seite und biss die Zähne zusammen, wenn ich mir das Schienbein stieß oder den Fuß verdrehte. Mühsam schlug ich mich durch einen Urwald, wild und grob, durch zähes Gestrüpp, mein Ziel das gnädige Ende der Stunde. Jetzt setzte mir jedes Kreischen zu, das Triumphieren der Gegner, die lautstarke Freude der anderen.

Ich war wahrlich ein Nervenbündel, als ich beim erlösenden Pfeifen der Halle entfloh. Mir war gleich, dass sich die andern zur Abschlussrunde versammelten – ich musste raus, kalt duschen, allein sein, alles sonst war undenkbar.

Es zischte, als das Wasser auf meinen glühenden Körper traf; mir war, als steige Dampf auf, obwohl das Wasser kalt war. Das Rauschen in der engen verriegelten Kabine tilgte jedes andere Geräusch, ich kniff die Augen zusammen, krallte beide Hände in meinen Schopf, verharrte so wie eine Marmorstatue aus der Antike, die im Laufe ihres Daseins in mancher Weise geschunden worden war. Eine seltsam verkrampfte Ruhe breitete sich in mir aus, ich wusste nicht, wann sich meine Lider geöffnet hatten. Fröstelnd starrte ich auf die nackten Fliesen. Irgendwann löste ich mich wie aus einer Trance und stellte das Wasser wärmer.

Jemand rief meinen Namen, er stand wohl vor der Tür. Matt antwortete ich: „Bin gleich fertig." Wie lange stand ich hier nun schon? Nicht lang genug, noch immer war ich gereizt. Natürlich konnte ich nicht ewig die einzige Dusche blockieren. Also stellte ich träge das Wasser ab. Dann brach ein apokalyptisches Donnern ein, alles in mir spannte sich an.

„FBI, öffnen Sie die Tür!" Jemand hämmerte dagegen, das Dröhnen war infernalisch.

„Stopp!" Ich brüllte – panisch, zürnend. „Hör auf!" Das Gewitter lärmte unbarmherzig weiter. Dann sprang die Tür auf. Für einen Augenblick in Scham und Schock starrte Nils auf meinen nackten Leib, das Gesicht noch von rücksichtsloser Heiterkeit gezeichnet.

Es sprang ein Funke, der meine kühlen Fesseln sprengte und das Höllenfeuer meiner Seele explodierte in gleißendem Gebrüll. Tobend schmiss ich die Tür zu, verriegelte sie und trat mit aller Kraft meiner Wut dagegen. Einmal knallte es, zweimal, dreimal – die Flammen in meiner Brust zehrten von all dem Frust der Tage, der sich unter meiner erkalteten Hülle gestaut und tief ins Fleisch gefressen hatte.

So wilde grimme Freude loderte, wie ich sie lange nicht, wohl niemals je gespürt hatte. Es war ein Fest, eine unheilige Orgie, ein unverschämter Tanz der Emotionen, wie er zu Recht geächtet war.

Hinter der Tür hörte ich Stimmen, als ich zu mir kam – ob aber Gelächter darunter war oder Besorgnis, war mir gleich.

Bebend, die Glut noch immer heiß, das Gemüt aber erschöpft, trocknete ich mich ab, zog mir eine Unterhose an und schloss die Tür auf, wohl wissend, welch Pein ich in den nächsten Minuten durchleiden würde. Ohne auf die Gestalten einzugehen, die entblößter Oberkörper zum Duschen anstanden und halblaut Entschuldigungen murmelten, schritt ich so würdevoll wie irgend möglich zu meinem Kleiderhaufen, zog mich hochroten Kopfes an und verließ den Raum, erleichtert, dass man zu eingeschüchtert war, auf mich zuzugehen. Man kannte mich als ruhigen, lässigen Zeitgenossen, der immer höflich und aufgeschlossen war, nur selten einen grimmigen Tag hatte. Mühsam hatte ich mir über viele Jahre diesen Ruf erarbeitet, jetzt lag er in Scherben.

„Was war da los?", fragte mich besorgt die junge Sportlehrerin, die an der Tür ins Freie wartete.

„Frag die andern", bracht ich nur hervor und drängte mich an ihr vorbei, um diese entsetzliche Welt zu verlassen.

4. Kapitel

Dies Wunder aus der Nacht

S innend saß ich am See, keine Seele regte sich, nur singende Vögel. Mein feuchtes Haar war unter die Mütze gelegt, dass der ziehende Wind mir nichts anhaben konnte.

Es war nicht verboten, was ich getan hatte, es war gut, ja: nötig gewesen. So hatte ich das Destruktive meiner Trauer in einer Salve entbunden und niemand war zu Schaden gekommen. Man sollte mir gratulieren, dass ich die Wut so weise entfesselt, niemanden verletzt und nicht weiter mein Inneres zermartert hatte. Vielleicht hatten sie ja Verständnis, vielleicht redete ich mir nur ein, dass niemand je wieder mit mir zu tun haben wollte. Doch das war alles belanglos, ich hatte beschlossen, zu fliehen.

Das Leben hatte mich verraten. Ich war ehrlich, freundlich, hochkreativ, ein Dichter, der seine Berufung in der Sprache gefunden hatte. Keinen Menschen konnt ich verachten, Hass war mir fremd, in jedem sah ich das Gute, Schöne, Wahre. Ich hatte grundloses Glück erfahren, wohl die höchste aller Empfindungen.

Niemand war gegen Trauer gefeit, es war etwas so Natürliches, etwas so Menschliches, selbst der glücklichste Mensch der Welt, selbst der Dalai-Lama, selbst Buddha war nicht ohne Kummer. Ich war der Überzeugung, dass man Kummer genießen konnte, so absurd es auch klang. Vielleicht würde ich eines Tages wieder Kummer genießen können, vielleicht hatte ich mich eines Tages mit dem Leben versöhnt.

Jetzt brauchte ich Abstand von der Schule, von meiner Familie, von meinem Leben. Ich würde mit dem Bus zu unserer Ferienhütte in den Schären des Oslofjords fahren und als Einsiedler wieder zu mir kommen. Mit grimmiger Freude stellte ich mir die Worte meiner Eltern vor, wenn sie meinen Abschiedsbrief lesen würden:

Liebe Familie,

macht Euch keine Sorgen um mich, das würde nichts nützen. Ich bin in die Schären gefahren, um gewisse aufwühlende Erlebnisse zu verarbeiten, die mich in den letzten Tagen erschüttert haben. Folgt mir nicht, schreibt mir nicht, ruft mich nicht an. Entschuldigt mich bitte in der Schule für unbestimmte Zeit. Geld habe ich genug mitgenommen.

Das Leben ist manchmal ein giftiges Felsenriff, ich muss meine sensible Seele kurieren.

Aufrichtig gebrochen
Euer Sohn

PS: Gießt bitte meine Zimmerpflanze, sie dankt es Euch.

Mein Vater würde wahrscheinlich grummelnd das Zimmer verlassen, meine Mutter ihm aufgeregt folgen: „Was machen wir denn jetzt? Sollen wir ihn einfach lassen? Was sollen wir denn in die Entschuldigung für die Schule schreiben?" Ich war mir sicher, dass sie mich verstehen würden, auch wenn ich mich nicht im Detail erklärt hatte. Vielleicht wären sie sogar stolz, dass ich den Mut besaß; ich jedenfalls war es. Mein Vorhaben war aufregend, doch ich hatte es mit kühler Gelassenheit geplant, weil ich wusste, dass es der einzige Weg war, meine Erlebnisse angemessen zu würdigen. Ich spürte, dass sie von großer Bedeutung waren, auch wenn ich sie noch nicht ganz ermessen konnte.

Ein letztes Mal schweifte mein Blick über die Tannensilhouetten, die sich bedrohlich über dem weißen Eis erhoben, ein stumm flammender Himmel über der Szene. Ein letztes Mal ging ich nach Hause. Vorfreude, Angst, Gram und Melancholie beflügelnd gemischt. Für fremde Augen ein normaler Junge nur, mit ausdruckslosem Gesicht und langen bedächtigen Schritten.

Es war Nacht, lautlos hatte ich meine Taschen gepackt mit Kleidung für neun Tage, dort konnte ich waschen, Büchern und Schreibzeug, um für alles gerüstet zu sein. Jetzt lehnte ich mich bei gelöschtem Licht aus dem Fenster in die kühle Nacht. Schwermut drückte auf mein Gemüt. Für Tränen war es nicht genug, ein Stein aber der Verzweiflung lag mir in der Kehle. Ich wusste, dass ich etwas zurücklassen, mich etwas verlassen würde, das mich mein ganzes Leben begleitet und beschützt hatte. Es war an der Zeit.

Grau ist die Farbe des Winters am Tage, in der Nacht zählen nur Düfte und die irdischen Gestirne Schlafloser. Düfte – wie ich sie liebte, jene, die von ungefähr die Luft einfärben, der Leere eine Persönlichkeit verleihen. Sie war hoffnungsvoll, die Luft, ließ zaghaft den fernen Frühling erahnen und ein Windspiel klimpern. Diese Welt steckt voll Wunder, voll Möglichkeiten. Man muss sie nur erspüren und greifen. Es sollte ein Wunder geschehen. Die Bäume tuschelten erregt davon, was der Wind ihnen erzählte.

In einer halben Stunde fuhr der Nachtbus und würde mich hinein in ein neues Leben bringen. Lautlos schloss ich das Fenster, legte den Abschiedsbrief auf mein Kopfkissen, nahm Tasche und Rucksack und floh auf stummen Sohlen hinaus in die Nacht.

Freiheit. Eine Empfindung, die ich nicht einordnen konnte, überkam mich. Wie freudige. Ein Gefühl, das die Menschheit in unvordenklicher Zeit verloren hatte und das sich jeder selbst zurückerobern musste. Manche schafften es nie.

Ergriffen verharrte ich, dann fiel mir ein, dass der Bus nicht warten würde und in der Nacht nur einmal fuhr. Behutsam drückte ich die Tür ins Schloss und hatte schon halb den durchschatteten Vorgarten durchmessen, als ich mich umwandte. Es klimperte sacht in einer für den Winter lauen Brise – das Windspiel, das ich vorhin gehört hatte. Es hing an einem Nagel, der aus einem Dachbalken der Veranda ragte. Unirdisch glitzerte es im Mondlicht, wie eine gespenstische Qualle aus Kristall. Nie hing dort ein Windspiel, nicht als ich heut Abend nach Hause kam und davor nie. Es war einfach da, wie ein Geschenk von einem Engel. Unentschlossen blickte ich zwischen dem Wunder und dem Gartentor hin und her. Ein Zettel war mit einer Büroklammer an dem Faden befestigt, im Schatten fast unsichtbar. Er war an mich adressiert. In neuerlicher Erregung löste ich ihn und steckte ihn in meine Hosentasche, dann schritt ich endgültig hinaus in die wartende Welt.

Die Reifen des Busses zischten, gerade als ich in die Straße bog, in der das Haltestellenhäuschen in fahlem Mondlicht schwebte. Hundert Meter von mir entfernt, der ich ohne verschwendete Gedanken rannte, den Rücklichtern hinterher, die hämisch rot aufglühten. Es war zwecklos, doch ich rannte, behindert von meinen Taschen, in dem entsetzlichen Bewusstsein, dass ich nahezu unsichtbar war. Die Laternen glommen auf der anderen Straßenseite einsam vor sich hin. So gemächlich setzte sich das klobige Gefährt in Bewegung, als wollte es mich triezen. Panisch winkte ich, brennenden Atems, ich winkte meinem einzigen Tor, sich nicht zu schließen. Das Leben ist manchmal ein giftiges Felsenriff, wahrlich – ein zynischer Dämon hatte meinen Schutzengel entführt und schlug wohl grad in manischer Freude mit stumm verzerrter Fratze Purzelbäume in der Luft.

Ich erlahmte, ein letztes Mal in die Leere winkend, nicht zornig, nur müde und vom Leben gepeinigt.

Dann geschah das zweite Wunder dieser Nacht: Der Bus hielt. Tatsächlich, es war kein Trugbild: Er hielt! Wie ein Ertrinkender kletterte ich durch die geöffnete Tür in leuchtende Wärme, die mich umarmte.

Die Fahrerin lächelte zu mir herab, sie trug glattes silberblondes Haar und hatte ein mildes schmales Gesicht, das von zeitloser Schönheit war. Zart war sie, fast durchsichtig.

„Tusen takk!", keuchte ich. „Tusen, tusen takk, ich danke Ihnen!" Sie nickte verständnisvoll und schloss die Tür, ich sank auf einen Doppelsitz, meine Taschen neben mir, und schloss die Augen. Es sollte also sein. Ich fuhr.

Viele Stunden später humpelte ich mit meinem Gepäck über eine Holzbrücke, zwischen Tannensilhouetten machte ich die Schemen des geliebten Bungalows aus. Das übersichtliche Eiland lag ruhig im schwarzen Wasser, in dem eine Mondstraße aus Silber trieb.

Mit steifen Fingern schloss ich die Tür auf. Es empfing mich ein Duft nach Schuhsohlen und Holzmöbeln. Ich machte Licht. Alles war, wie wir es im Sommer verlassen hatten. Aber ich war zu müde, um lange genießen zu können. Heizen musste ich, denn fast wie draußen war es drinnen kalt. Rasch hatte ich ein Bett bezogen, noch in Straßenkleidern ließ ich mich hineinsinken. Dann löschte ich das Licht.

Ich wandle durch eine leuchtende Traumwelt. Sommerliche Farben sind auf eine goldgrüne Wiese getupft, die vor Leben flattert und summt. Ich bin Teil dieser Welt und ebenso von Glück erfüllt, von grundlosem Glück, das mich lachen lässt. Nach und nach, mit jedem Schritt, den ich tue, ergraut die Welt, der Himmel wird weiß, die Farben der Wiese sickern in den Erdboden, kein Tier regt sich mehr. Es schneit temperaturlose Asche. Ich bin Teil dieser Welt und ebenso sickert das Glück aus meinem Körper über meine trübselig tretenden Beine in die tote Erde. Auf einmal bebt die Welt, es donnert, verschreckt flieht der Schnee in alle Richtungen. Ich erstarre. Eine entsetzliche Furcht lähmt mich, eine Furcht vor etwas Titanischem. Der Boden reißt auf, aus der Schlucht, in die alles Gute dieser Welt fallen könnte, lodern Flammen gen Himmel und entzünden ihn. Zyklopische Wolken, in denen rote Blitze peitschen, wirbeln, bösartig auf mich herabglotzend. Dann entsteigt der Hölle ein Schemen, ein riesiger Schemen, dessen unförmige Schultern den Himmel entweihen. Es dröhnt unheilige Worte einer raumlosen Sprache, die alles erzittern lassen. Meine Panik mutiert zu wilder Raserei: Dies Wesen ist falsch, es hätte nie existieren dürfen, es gehört uralten Zeiten an, als die Erde noch ein Feuerball war. In unserer Zeit hat diese Naturgewalt keinen Platz. Sie muss sterben. Und brüllend schmilzt der Koloss und vergiftet den Grund und nie wird auf ihm wieder etwas gedeihen. Und ich schreie, denn ich bin Teil dieser Welt und weiß, dass ich einen Fehler gemacht habe, der jedes Zeitalter überdauern und der Welt schreckliches Leid bringen wird.

Ich riss die Augen auf. Hastig vergewisserte ich mich, dass ich in dem Bett lag, in dem ich eingeschlafen war. Dämmerlicht ließ das Zimmer beunruhigend unwirklich erscheinen, aber draußen regte sich kein Titan im Dunst. Ich wälzte mich umher, die entsetzlichen Eindrücke zu vergessen hoffend. Mir war heiß in Jeans und Pullover, im Zimmer war kaum atembare Luft, meine Kehle brannte durstig. Ich öffnete die Fenster, draußen roch es feucht und der Himmel deutete Morgenlicht an. Wie hatte solch Grauen nur Einlass in mein Unterbewusstsein bekommen? Woher kam es?

Im Badezimmer wusch ich mir das Gesicht, trank und zog mich aus, um zu duschen. Kühles Wasser vertrieb die letzte Schläfrigkeit und den Traum wie Regen Nebel verscheucht. Darin unterscheiden sich Geträumtes und Erlebtes wesentlich: Der Traum verflüchtigt sich rasch, das Erlebnis hinterlässt Spuren.

Auf einmal spürte ich wieder Elan ob der Freiheit, die ich mir geschenkt hatte. Der Tag lag mir zu Füßen. Zuerst würde ich das feine Café auf dem Festland aufsuchen und dort ganz gemütlich den Vormittag zubringen, schon zittrig machte mich der Hunger. Ich stellte das Wasser ab. Es überkam mich eine neuerliche Welle Melancholie. Ich trocknete mich ab und suchte Kleidung aus der Tasche heraus, dann ließ ich mich kraftlos aufs Bett fallen. Trüber Gedanken starrte ich die Decke an. Genuss würde mir wohl wenig vergönnt sein. Lange blieb ich so liegen, was sprach auch dagegen? Doch irgendetwas ließ mir keine Ruhe ...

Der Brief! Das Papier, das am Windspiel befestigt gewesen war. Ein Schwall von Erregung ließ mich aufstehen und in der Hose, die am Boden lag, nach dem Brief suchen. Etwas Geduld, erstmal wollte ich meinen Hunger stillen, die Wunder konnten noch warten.

Rasch war es heller geworden, zu der Jahreszeit ist noch der späte Morgen in Müdigkeit gehüllt. Der Boden duftete nach Regen, der Himmel war weiß, die Bäume wirkten seltsam ausgeschnitten. Ich knöpfte meinen Mantel zu und setzte eine Mütze auf, denn mein Haar war noch feucht und der Wind war frisch.

Das Café lag am Hafen, die Pfeiler der Holzterrasse staken im eisigen Wasser. Die alte Fischerstadt barg noch Winkel, die ich in meinen vielen Erkundungstouren im Sommer nicht entdeckt hatte. Wettergegerbt wie die Seebären selbst waren die Häuser, windschief und geheimnisvoll wie verschlossene Schatztruhen.

Jetzt war ich wenig ergriffen von all der nostalgischen Pracht. Nüchtern setzte ich mich im Warmen ans Fenster, das Türglöckchen gemahnte an das wunderliche Windspiel. Man hatte den ganzen Hafen und die Schären im Blick, alles lag in diesigem Grau.

Ich aß und trank eilig, bestellte noch einen wärmenden Tee und dann holte ich voll Spannung den Brief hervor. Jetzt war ich bereit, die Wunder geschehen zu lassen, für die ich gekommen war.

Das Papier war einmal in der Mitte gefaltet, mit einer Büroklammer zusammengehalten und mit meinem Namen versehen. Behutsam legte ich die Klammer auf den Tisch, nippte an dem Tee und entfaltete den Brief.

Du Lieber, dem ich Dir das Herz gebrochen habe,

vor einiger Zeit brach meine Welt zusammen und ich habe damit auch mein Lachen für eine Zeit verloren. Nun habe ich es wiedergelernt und mir eine neue Welt aufgebaut. Diese neue Welt will ich zuerst erkunden, sie kosten und genießen, bevor ich sie mit jemandem teilen kann. Ich möchte mich um mich selbst kümmern, egoistisch sein und leben lernen.

Es tut mir leid. Mir ist bewusst, diese Worte sagen wenig, aber ich meine sie wirklich so. Ich wollte lieber ehrlich,

von Anfang an ehrlich sein, statt Dein Leid hinauszuzö-
gern. Es war verwirrend, als Du mich so überfielst.

Ich hoffe, Du findest jemanden, der Deine Liebe anneh-
men kann, ich kann Dir nicht mehr als Freundschaft ge-
ben.

Annika

Das war es, was mich versöhnte, dies Wunder aus der Nacht. Sie schrieb so ehrlich über Dinge, die andere tief in sich begraben hätten, mit diesem Feuer, das in ihr brannte und sie selbst aus der Havarie des Lebens befreit hatte. Ich schwamm noch im aufgewühlten Wasser, sah das Schiff meiner Kindheit sinken, spuckte Salzwasser aus, das meine Kehle verbrannte. Die Wärme eines Ofens und fester Boden unter den Füßen erwarteten mich an fernen Ufern.

Ich wollte nicht, dass es ihr leidtat, wollte es ihr erklären, doch sie wartete an diesen fernen Ufern auf mich, der ich japste und strampelte im sich langsam legenden Sturm.

Der ich mich an den Tee klammerte und hinausstarrte in den klammen Morgen.

5. Kapitel

In Liebe – das Leben

Wer Großes gesehen hat, verliert schnell den Wert des Kleinen aus den Augen – wer nur Kleines sieht, hat keine Augen für das Große, das alles zusammenhält. Dabei ist selbst unsere Welt so klein, nur ein Quant im Gefüge des tiefen Kosmos. Und sie birgt so viele Wunder, unsere Welt. Das Leben hat mir das fünfte gesandt. Es ist nur ein kleines Ding, aber es verrät mehr über unser Dasein als jeder Reichtum, jedes Hochhaus, jede Macht, die der Mensch zu erreichen sucht. Denn wir haben über unser Greifen nach den Sternen den Boden unter den Füßen verloren.

Dies fünfte Wunder ist ein Brief, den das Leben verfasst hat, dies fünfte Wunder ist das Unglaublichste, das Größte, was ich zwischen Himmel und Erde je gesehen habe. Am Mittwochmorgen wacht ich auf und glaubte wahrlich, noch zu träumen.

Das dritte Wunder brachte am Sonntag der Himmel. Für einen März in Norwegen eigentlich alltäglich, doch mir ein Kuss von der Natur auf meinen Nacken, der mich erschaudern machte. Myriaden Kristalle rieselten lautlos herab aus Höhen, die unendlich wirkten, wenn man im Gestöber emporblickte.

Ich hatte in der warmen Stube gesessen, auf dem Sofa, ein Tee in meiner Hand, ein Buch auf meinem Schoß.

Versunken, nicht der Welt gewahr, die verzaubert wurde und ihr trostloses Grau verlor. Vielleicht spürte ich, dass etwas vor sich ging, ich blickte auf und starrte lange hinaus ohne Regung. Ergriffen wie von melancholischer Musik, die auf kühlem Wind durch die Zweige von Birken treibt.

Das Rascheln meiner Hose, als ich aufstand, klang laut inmitten der Stille, und behutsam, den Geist des Winters nicht zu vertreiben, schlich ich hinaus, um das uralte Wunder willkommen zu heißen.

Am Dienstagabend kleidete ich mich warm an, um in der Pizzeria auf dem Festland einzukehren. Die Gassen der Altstadt waren ausgestorben, Schnee lag in Häufchen unter glimmenden Straßenlaternen und auf den Dächern der Häuser. Den ganzen Montag gestern hatte ich im Haus verbracht, hatte Brot gegessen, gelesen und Gedanken notiert, die mir gelegentlich kamen, wenn ich meditierte oder durchs Fenster hinausstarrte.

Mir war eingefallen, dass schon die letzte Schulwoche vor den Frühlingsferien angebrochen war. Am Freitag sollte es eine Disko in der Schule geben, undenkbar für mich, vor Menschen zu tanzen, auch nur einen Raum zu betreten, in dem so viel ungezügelte Freude und laute Musik und schwitzendes Gedränge herrschte. Die Vorstellung machte mich schaudern. Ich erinnerte mich an das Gedicht, das ich einst geschrieben hatte:

Unentzündlich – so hockt meine Gestalt
Neben dem Feuer der Andern
Kühl – nur hören tu ich ihre Freude,
Spüren kann ich nichts

Ich schrieb dazu:

Ohne Regung – ihr Tanz lässt mich starren
Ihr Lachen verstummen
In andern Sphären – wenn sie plaudern
Und skål! auf die Freundschaft rufen

So wären am Freitag meine Gedanken, das kannte ich zur Genüge.

Viel hatte ich auch über Emotionen nachgegrübelt, da sie mir in jüngster Zeit so intensiv widerfahren waren. Ich hatte über ihr Wesen nachgesonnen; was sie ausmachte, welchen Nutzen sie hatten. Ein Gedicht hatte ich verfasst:

Wut ist wie Feuer,
das heiß in mir springt,
das Wandel, Zerstörung
und Neuschöpfung bringt.

Wie Sonne ist Freude,
die warm in mir scheint,
was ich habe, bejaht
und den Wandel verneint.

Dann ist Trauer wie Wasser,
das kühl in mir tropft,
meine Kräfte mir raubt
und mein Denken verstopft.

Und Furcht ist der Wind,
der kalt in mir flieht
dem Leid, das ich fürchte,
bevor es geschieht.

Das Urherz verlässlich
in jedem Tier schlägt,
seit Millennien zur richtigen
Handlung bewegt.

Auch ich trag das Erbe
der Tierwelt in mir –
trotz aller Gedanken
so dankbar ein Tier.

Ich hatte verstanden, wie wichtig Wut ist, denn ohne sie gäbe es keinen Wandel. Sie lässt uns erkennen, was uns widerstrebt, sie lässt uns als einzige Emotion die Initiative ergreifen, lässt uns Dinge ändern. Selbst wenn ein Stift uns auf den Boden fällt, ist es ein kleines bisschen Wut, die uns die Kraft aufwenden lässt, ihn wieder auf den Tisch zu legen. Auch in schöpferischem Tun steckt Wutkraft, nicht umsonst sagt man „Schreibwut" oder „Arbeitswut".

Und Trauer zeigt andern, dass man Hilfe braucht, wenigstens Trost. Außerdem lässt sie uns aus unseren Fehlern lernen, denn Reue ist wohl auch eine Form von Gram. So wohnt jeder Emotion etwas durchaus Hilfreiches inne, auch wenn Kummer einen das nicht fühlen lässt.

Beim Essen im italienischen Lokal – Gemurmel, Kerzenschein und Düfte umgaben mich – da holte ich mein lädiertes Notizbuch heraus und schrieb:

Trauer ist das zu leben Schwierigste,
doch wenn man sie so intensiv wie Freude lebt,
dann wird man ihrer Meister.

Erst nachdem ich mir für die hübsche Drapierung der Worte gratuliert hatte, erkannte ich, wie viel Wahrheit eigentlich in diesem Sinnspruch lag. Seine Trauer nicht zu verurteilen und zu unterdrücken, forderte er auf, was banal zwar klang, doch so vielen, auch mir Narren, misslang. Obwohl ich durchaus tief empfunden hatte, geweint und sogar die Flucht ergriffen, trieb sie mich noch immer um wie ein Schatten, den man mit Licht nicht vertreiben kann. Denn ich hatte Angst vor der Trauer, so musste es sein. Unmöglich war die unglückliche Liebe zu Annika der einzige Grund. Was noch dahinter liegen mochte und was sie über mich enthüllen konnte, herauszufinden, das wollte ich nicht, das war mir unheimlich. So konnte ich mich nicht in den Kummer hineinbegeben, trieb nur am Rande des möglichen Leidens. Der Wutausbruch am Freitag hatte mich eingeschüchtert. Dass ich dies alles begriff und reflektieren konnte, war wohl ein gutes Zeichen, an meinem Zustand anhaltender Trübsal änderte es nichts.

Ich zahlte und stemmte die Holztür auf, hinein in die unfreundliche Welt funkelnder Sterne und eisiger Böen. Sie griffen unverschämt in mein Gesicht und zerrten an meinem Dufflecoat, den ich fahrig zuknöpfte. Meine Hände vergrub ich in den Taschen, den Kopf zog ich ein, sodass das Halstuch auch meinen Mund verdeckte. Energisch stapfte ich durch die Gassen, zu Boden stierend. Immer wieder zog ich meinen Mundschutz mit steifen Fingern über die Nasenspitze, immer wieder riss ihn mir der Wind herunter.

Ich bog in eine Straße ein, die zum Hafen führte, und hörte schon die Wellen schlagen, da bemerkte ich aus dem Augenwinkel eine Gestalt in einem Hauseingang lehnen. Es durchfuhr mich wie elektrischer Strom und ich blieb unwillkürlich stehen. Verlegen, wie um mein Harren zu erklären, sagte ich: „Guten Abend." Der alte Fischer beugte sich vor, schalkhaft und mit einer Stimme, die nach einer rostigen Angel klang, grüßte er mich zurück: „Guten Abend, junger Mann, wir sind trübselig, hm?" Ich zuckte mit den Schultern. Er klopfte mir auf den Rücken und hustete ein Lachen.

„Die Menschen habens eilig und sind voll Sorgen über die Welt. Man könnte sich fragen, wie man unglücklich sein kann, wenn es so schöne Sterne am Himmel" – er wies mit der anderen Hand ausladend nach oben zum Erdendom – „und so feine Pflastersteine zum drauf Wandeln gibt – hopp!" Er sprang auf die gepflasterte Straße. Barfüßig wie er war tanzte er platschend auf den kalten Steinen und entlockte mir ein widerstrebendes Schmunzeln. Der Alte wurde ernst, klopfte sich die Hosen ab und kam zu mir her, um meine Hand zu ergreifen. „Aber so einfach ist die Welt nicht, es gereicht den wenigsten zur Freude, einfach über runde Steine zu laufen und den Sternen zuzuzwinkern." Der Wind hielt ein; obwohl es recht mild wurde, fröstelte mich. Der Alte blickte mir traurig in die Augen.

„Ich zeig dir was, komm mit!" Er zog mich an der Hand hinter sich her zum Kai. Ein einzelner Krokus wuchs dort inmitten von mageren Grashalmen, ihren Leidensgenossen im hartherzigen Sturm. Der Alte hockte sich nieder, ich folgte.

„Ein hartes Leben hat dies tapfere Blümchen", raunte er und strich ihr sacht über die Blütenblätter. „Trotzdem steht sie noch und lächelt die Menschen und Tiere, Wolken und Schneeflocken an, die da kommen. Denn sie weiß, dass sie nichts an ihren Plagen ändern kann." Er zupfte sie heraus. „Danke, dass du hier geleuchtet hast", murmelte er. „Nimm sie und stell sie daheim in eine Vase mit Wasser." Er reichte sie mir, behutsam klemmte ich sie zwischen Zeigefinger und Daumen und wölbte meine andere Hand darüber. Eine seltsame liebevolle Zuneigung empfand ich für das tapfere Blümchen, wie für eine kleine Schwester, die Kummer hat.

„Morgen schon wird sie zu verblühen beginnen", sagte der Fischer und stand auf. „Das kannst du nicht verhindern. Bis dahin kannst du ihr aber die Ehre erweisen und ihre Zartheit bewundern. Sie ist nur eine flüchtige Freude, wie jedes Glück. Lerne, es auszukosten, das Flüchtige. Lerne, nicht darüber zu trauern, dass es bald vergeht, sondern zu genießen, dass du es jetzt hast." Er legte mir seine Hand auf die Schulter. „Ich wünsche dir einen besinnlichen Abend." Und er ließ mich zurück in milder Melancholie.

„Mange takk!", rief ich, er verschwand in die Gassenschatten. Kalter Wind machte mich blinzeln. Dann lief ich heim; die steifen Finger um die Blume geschlossen, lief ich heim und stellte sie ins Wasser, setzte mich an den Küchentisch und liebkoste das Wunder mit meinen Blicken, nicht sicher, ob ich Wehmut oder Glück empfand – gab es einen Unterschied?

Als ich mich löste vom Wunder und zu Bett ging, war mir so ruhig zumute, als wär ich ein Gedanke nur, der durchs stille Haus schwebte. Morgen schon wäre das Blümelein tot, zu schwach, um lange zu blühen. Dann wäre nur noch Erinnerung da an die Ästhetik der Zweisamkeit.

Ich dachte an Annika. Der schöne Augenblick am See hatte ewig gewährt, war in meinem Herzen vergletschert und war schön für alle Zeiten, trotz der schrecklichen Enttäuschungen, die ich danach erlebt hatte.

Ich lag im Dunkeln und glitt in den Schlaf, getragen von Bildern von Annikas Augen, Smillas Strahlen, Idas Gitarre. Das alles würde niemals wiederkehren, und die Erinnerung daran war traurig, nicht schön, wie der Abend es gewesen war.

Milde lächelnd spaziere ich barfuß über warme Pflastersteine, der Mond wie eine Silbermünze auf schwarzem Samt. Am Kai sitzt der Alte mit einer Angel in der Hand und blickt versunken hinab. Als ich an ihm vorbeikomme, sehe ich, dass eine graue Blume aus seinem Mund ragt. Beide weinen sie, der Alte und die Blume, die Tränen fallen hinab in den schwarzen Abgrund des Himmels, in dem Sterne zu uns emporzwinkern.

„Hei da!", rufe ich und lausche fröstelnd dem Echo in der Tiefe. Ich laufe über die Brücke zur Insel, die im Nichts schwebt. Die Tannen sind Taue, die sie vom Mond herablassen. Sacht pendelt der bewachsene Felsbrocken, als ich einen Fuß daraufsetze.

Im gewaltigen Zyklus von Welttag und -nacht wird es Winter und auf Böen reiten die weißen Kristalle empor aus dem bodenlosen Himmel. Ich laufe zur Hütte und gehe zu Bett. Rufend: „Wenn die Tage die Schatten der Träume sind, wird lebendig der Traum in der Nacht!"

Meine Mutter, das Leben, kommt herein und legt mir beruhigend eine Hand auf die Stirn. Sie trägt glattes silberblondes Haar und hat ein mildes schmales Gesicht, das von zeitloser Schönheit ist. Zart ist sie, fast durchsichtig.

„God natt", sagt sie lächelnd, „drøm nokke fint." Und als sie das Licht über dem Schreibtisch ausknipst, wird es schwarz und Sterne glitzern in unerreichbarer Ferne.

ein

atm' ich

und aus

und über unsrem Dom aus Luft

beginnt_ Unendlichkeit

R a u m

so t i e f

dass Licht

in J a h r e n nicht

sein Ziel erreicht

und selbst der M o n d

nicht greifbar ist

ein S t e r n

T i t a n

doch nur ein Quant

am Firmament

und über unsrem schwarzen Dach

regiert_ die Ewigkeit

L e e r e
zwischen allen Himmelskörpern
jeder nur ein Korn
im All
ich s c h w e b e
zwischen Mond und Heimat
doch davor
so l e e r und weit
liegt die _ Unendlichkeit

Am Mittwochmorgen wacht ich auf und hörte noch fern den Widerhall meiner Worte: „Wenn die Tage die Schatten der Träume sind, wird lebendig der Traum in der Nacht." Doch als ich nach der Bedeutung dieser Verse greifen wollte, verwehte ein anderer Gedanke den Traum.

Die Sonne fiel rechteckig auf meine Bettdecke. Ganz ruhig atmend lag ich da, lauschend dem Tröpfeln schmelzenden Schnees. Wie er schmolz, war wohl die Blume schon grau; wie er schmolz, war der wundersame Traum verraucht; wie er schmolz, war die Nacht vergangen und nur ein ungreifbarer Schatten noch. Doch etwas war geschehen. Etwas aus der Nacht war in der irdischen Welt geblieben.

Im Sitzen blickte ich mich um, als wäre es ein sichtbares Ding. Nicht müde mehr, nur müder Glieder, stand ich auf. Dehnte mich. Machte das Fenster auf und kostete Düfte von der abtauenden Welt. Kehrte mich um. Ließ meinen Blick auf dem Schreibtisch ruhen ... Lag dort nicht ein Papier? Ich ging hinüber. Mir ward das fünfte Wunder gesandt, das Unglaublichste zwischen Himmel und Erde. Geschrieben stand dort in einer Hand, die an die meine gemahnte:

Du kommst von mir, bist nur meinetwegen und gehst aus mir heraus. Nichts als mich hast Du, nichts als Euch habe ich; jedes Leid sollt Dich meiner gewahr machen, so jede Freude, jede Wut und jede Angst, denn ohne mich könntest Du all dies nie fühlen, wärst nur ein Stein in farblosem Nichts, das ewig und sinnlos währte, ohne Verzierungen.

Ich bin das warme Ornament einer sonst trostlosen Welt. Ich bringe Liebe, die dieser Welt nie vergönnt wäre, wär ich nicht gekommen und hätt Euch gemacht, meine Kinder. Auch Bäume kennen Liebe und lächeln, wenn man sich dankbar in ihren Schatten legt. Die Blumen lieben die Stimmen und Gesichter, die sich ihrer erfreuen, das Moos schnurrt im Sonnenlicht wie ein Kater voll Liebe schnurrt, wenn Du ihm die Ohren kraulst.

Vor allen Dingen und Lebewesen solltest Du aber Dich selbst lieben und Dir gnädig sein.

Alles wächst, was lebendig ist. Auch das Bewusstsein, das ich Euch schenkte. Es wächst ein Leben lang – Freunde und Familie sind ein guter Nährboden und Erfahrungen sind das Wasser, mit dem man es gießt.

Ich greife nie ein, schaue nur zu, begeistert, wie alles wächst, sich von selbst entwickelt, die Welt erforscht, mich erforscht, das ich flüchtig und ungreifbar bin wie ein Duft.

Ich sehe Dich und freue mich über Dich jeden Tag, kenne und verstehe Dich besser als jeder Freund.

Ich sehe die Welt und freue mich darüber jeden Tag, wie die Menschen von Herzen versuchen, das Beste aus mir zu machen. Der Kosmos umarmt Euch. Die Natur führt Euch. Eure Intuition macht Euch erahnen, Euer Verstand verstehen, Euer Herz begreifen, Euer Lichtselbst macht Euch lieben.

Du machst das toll, wie Du die Erde bereicherst. Ich bin stolz auf Dich, sei Du es auch. Vertrau Dir, vertrau andern, vertraue mir.

In Liebe
Das Leben

6. Kapitel

Wundermenschen sind wir

Ich wandelte barfuß auf den glatten, runden, kühlen Pflastersteinen, zwinkerte den Wolken zu und spürte die Energie zwischen Himmel und Erde fließen.

Es war, als wäre ein nasskaltes Tuch von mir genommen. Alles ist so einfach. Das Leben liebt mich und verzeiht alles; alle Angst und Depression war nur aus zwanghaften Gedanken erwachsen. Jedes Geschehnis hat seinen Zweck, aus allem kommt Erkenntnis und Liebe, es ist am Menschen, dies anzunehmen. Unsern Lebtag tragen wir einen großen Rucksack voll unnützer Vorstellungen, Ängste, Dinge – es war, als hätte ich ihn abgesetzt und würde schweben. Ich bereute nichts, bedauerte nichts, denn alles, was mir widerfahren war, hatte mich zu dem Punkt geführt, an dem ich jetzt stand, hatte mich zu dem Menschen gemacht, der ich jetzt war. Und die Zukunft wartete offener Arme auf mich und die Vergangenheit senkte im Abschied den Kopf. Wer mir einen Vorwurf daraus machte, ich selbst zu sein, der war mit seinem eigenen Selbst nicht zufrieden – wie war das traurig. Und wie war die Vorstellung schrecklich, für immer zu bleiben, wer ich jetzt war! Ich vertraute in meine Intuition, ins Leben, in den Kosmos, dass ich einen richtigen Weg gehen würde, der mir Wut, Angst und Trauer brachte und auf dem ich immer wieder innehielt und mich freute. Nur ich selbst konnte diesen Weg gehen, niemand sonst hatte das Gleiche zu erwarten; niemand sonst, nicht einmal das Leben selbst, konnte mich aufhalten, wenn ich es nicht zuließ.

Und jeder Schritt auf meinem Weg würde mich freier machen. Und jedes Harren und Genießen würde mich glücklicher machen. Und jede Erfahrung würde mich weiser machen.

Der erste Schritt war getan, als ich von Zuhause floh. Jetzt war es an der Zeit, zurückzukehren. Ich hatte keine Angst mehr vor Veränderung, ich lud sie ein zu warmem Tee mit Keksen. Ich hatte keine Angst vor Menschen mehr, ich liebte sie, die sie in die gleiche Welt geboren sind und wie ich private Sorgen und Freuden haben. Einen ganz eigenen Weg, der hinauf in den Kosmos führt.

Ich hatte keine Ahnung, wie meine Eltern mich empfangen würden, wenn ich zuhause ankam.

Den Mittwochvormittag hatte ich mit Frühstücken und Sinnen verbracht, nun saß ich im Bus, milder Gedanken. Den Brief vom Leben würde ich niemandem zeigen, dies Wunder war mir und nur mir. Niemand würde mir glauben, denn meine Handschrift war markant und das Leben allgemein zurückhaltend mit persönlichen Botschaften. Es war mir gleich, denn ich wusste, dass mir etwas Außergewöhnliches widerfahren war, und niemand sonst brauchte es zu wissen.

Ich wandelte die Straßen entlang, keiner Furcht vor meinen Eltern, da ich nichts Falsches getan hatte.

Wie vor einer fremden Tür verharrte ich, das Windspiel hinter mir wissend. Dann schloss ich auf und betrat den Flur.

Meine Mutter saß oben in der Küche, ich umarmte sie von hinten, sie lachte und griff meine Hände, die immer kälter waren als die ihren. Sie zog mich zu sich herunter und gab mir einen Kuss auf die Wange, ohne Worte.

„Wo ist Papa?", fragte ich, doch erleichtert, keiner Wut zu begegnen.

„Er hat sich ein Beispiel an dir genommen und ist nach dem Süden in den Urlaub gefahren. Ich glaub, du hast ihn recht beeindruckt." Lachend ließ ich mich neben ihr nieder und goss Tee in eine Tasse. Die Sonne fiel rechteckig auf die Tischdecke.

In der Schule trug ich ein Halstuch und bestätigte die Geschichte meiner Mutter, ich sei erkältet. Niemand ahnte, was sich in meinem Denken und Leben verändert hatte, denn nach außen hin war ich der Alte.

Nils kam zu mir her, selten verlegen.

„Geht es dir gut?" Es rührte mich, dass es ihm leidtat, auch wenn er keine Ahnung hatte, was wirklich in mir vorgegangen war.

„Mir geht es phantastisch", sagte ich ohne zu lügen.

„Tut mir leid, was am Freitag passiert ist. Die Tür ist einfach aufgegangen, das war keine Absicht."

„Schon gut. Das nächste Mal schlag aber bitte nicht so dagegen, das ist arg laut in der kleinen Kabine." Ich zwinkerte und er nickte erleichtert.

Annika, Ida und Smilla saßen um den Tisch, an dem ich sie vor einer Woche am Mittwoch kennengelernt hatte. Heute war Lars' freier Tag.

Ich legte meine Tüte mit belegten Broten zaghaft fragend auf den Tisch. Erst jetzt wurden die drei Wundermenschen meiner gewahr. Aus ihren besorgten Blicken las ich, dass Annika ihnen alles erzählt hatte. Gut war das zu wissen, so musste ich nicht ganz von vorne anfangen.

„Ihr Lieben", sagte ich herzlich und setzte mich neben Ida; Annika und Smilla saßen uns gegenüber mit dem Rücken fensterwärts.

„Geht es dir gut?", fragte Smilla und es war etwas Anderes als Nils' Frage, doch ebenso rührend.

„Ja." Ich wandte mich milde an Annika: „Können wir – nur Freunde sein?" Und da wandelte sich ihr Gesicht und es kehrte die alte Freude ein, die Energie, in die ich mich verliebt hatte. Sie lachte ihr Windspiellachen und rief: „Ja, das können wir gerne!" Und aus einer Geliebten wurde eine Freundin, dass es ein Wunder war.

Meine neuen Freunde waren die einzigen Menschen, die um mein Leiden, Lernen, Lachen wussten, was es zu wissen gab. Nach der Schule trafen wir uns, um den See zu laufen, da erklärte ich, was sich mir ereignet hatte: wie ich geflohen war, wie mich Annikas Brief versöhnt und was der alte Fischer mir gezeigt hatte. Vom fünften Wunder erzählte ich nichts, wie ich es mir versprochen hatte. So war immer noch nicht alles davon enthüllt, was ich erfahren hatte, nicht jedes Wunder geteilt. Und auch in diesem Text aus meinem Leben ist nicht alles, was mich umtreibt und ausmacht, offenbart. Es gibt Geheimnisse, die man andern nicht zu sagen braucht. Es gibt Geheimnisse, die einem selbst nicht aussprechbar sind, nicht begreiflich. Was ich hier sage und am See sagte aber, kann und konnte ich mit Gewissheit sagen.

Und diese Wundermenschen verstanden, was ich sagte, pflichteten mir bei, gratulierten mir, freuten sich für mich und mit mir, und ich fühlte mich aufgenommen, so wie ich es lange nicht mehr erlebt hatte auf Erden.

Freundschaft – schwer zu begreifen, dass es für mich eine vollkommen neue Erfahrung war. Sicher, früher hatte ich auch Freunde gehabt, aber mit niemandem hatte ich bisher so intime Eindrücke geteilt, es war herrlich, es war ein Wunder, es war Geschwisterliebe.

Wir gingen auseinander, wünschten Gutenacht und auf dem Heimweg überkam mich in meinem Glück jähe Angst. Was ich hatte, war zu verlieren. Den Dreien war Freundschaft altbekannt, etwas Normales wohl – war ich ihnen so wichtig wie sie es für mich waren? Ich beschloss, ihnen anderntags meine Sorgen mitzuteilen und hoffte, sie könnten sie zerstreuen. Was bracht ich ihnen schon, wo sie doch einander hatten? Konnt ich denn eine Bereicherung sein, die nicht zu missen war?

Wahrlich, diese Gedanken waren übel, waren Gift, waren falsch, und es wunderte mich, dass mir solche kommen konnten nach den Offenbarungen der jüngsten Tage. Vielleicht ärgerte es mich sogar ein bisschen.

Dann lachte ich. Gütig lachte ich in mich hinein; es war doch ein weiter Weg noch zu gehen, albern war es zu denken, dass ich erleuchtet war. Ein klein wenig erleuchtet aber sicher.

Vor ein paar Tagen noch hielt ich es für undenkbar, zu tanzen am Freitagabend – ich konnt ja nicht vorausse-hen, dass mich die drei Wundermenschen überreden würden. Wahrlich, als wüssten sie, wie mir davor graute, und wollten mir helfen, auch diese Angst zu überwinden.

Früher einmal war ich sogar bei jeder Berührung von ei-nem Menschen zwanghaft nervös geworden und immer nervöser, wenn ich nicht bald dazu kam, die Stelle mit der Hand abzuwischen. Einmal im Sportunterricht war uns die Aufgabe gestellt, zu zehnt auf einen Kasten zu steigen, ohne dass jemand hinunterfiel. Allein der Ge-danke daran machte mich keuchen und Atemnot bekom-men und mir wurde schon schwarz vor Augen. Meine Lehrerin musste mich hinausbringen an die frische Luft und mir gut zureden, dass ich nicht auf den Kasten zu den neun Schülern zu steigen brauchte. Viel hatte sich seitdem geändert bei mir, und ich war gelassener, weni-ger zwanghaft geworden. Lärmende Menschenmassen, in engen Raum gedrängt, behagten mir aber noch immer nicht.

Jetzt war es so weit – von Weitem sah ich schon den Orkan aus Licht in der Turnhalle toben, Bassrhythmen ließen die Nacht vibrieren. Ein denkwürdiger Abschluss.

Ida, Lars, Smilla und Annika standen etwas abseits von der Doppeltür, durch die hin und wieder ein Schüler heraustaumelte, um sich auszukurieren. Dann drangen Musik und Stimmen für einen Augenblick einschüchternd wild in die kalte Winternacht ein.

„Hei da", rief ich und beschleunigte meinen Schritt. Smillas herzliches Strahlen empfing mich; Annika, trotz Pullover, der über ihre Hände reichte, vor Kälte von Bein auf Bein wechselnd und verkrampfter Schultern, grüßte mich nach bestem Willen fester Stimme: „Hei!"

Ida lächelte mir traurig zu, Lars hob die Hand zum Gruß. Mitfühlend erwiderte ich Idas Blick; fast verschwörerisch war mir zumute, als ich Lars zunickte. Es war ja alles so kompliziert, warum war alles so kompliziert?

In der Pause hatte Ida mir heute unter vier Augen gesagt, fast verzweifelt, sie wolle mir nach der Schule auf einem Spaziergang etwas gestehen.

Ahnungsvoll wartete ich am See, wie sie es mir aufgetragen hatte. Auch gestern schon am Donnerstag hatte ich sie abwesend erlebt, als bekümmerte sie etwas. Die Welt hatte in meiner Abwesenheit nicht stillgestanden – wenn man nicht ohne Pause aufpasst, geht wieder irgendjemand dem Schicksal in die Falle, es war gar komisch. Ungleichmäßig war das greifbare Leid zwar in der Welt verteilt, man denke an den Hunger in Afrika und den Wohlstand in der westlichen Welt, doch vom seelischen Leid bekam jeder etwas ab, da nützte keine Gesundheit, keine Freundschaft und kein Geld, dieses erst recht nicht.

Da kam sie, die Ida, das kindliche Gesicht nicht verweint, aber so gramerfüllt, wie Schmollen sah es aus, dass ich mich auf jede Enthüllung gefasst machte.

„Lass uns um den See gehen." Es war immer etwas Herrisches an ihr, mal mehr, mal weniger, doch immer auf ihre Art liebevoll.

Eine Weile ging es ohne ein Wort den menschenleeren Weg entlang, mein Blick verfing sich im grauen Gestrüpp und in der Ferne des Himmels, wo im März noch keine Zugvögel zur Heimkehr Muster malten.

„Davon habe ich niemandem etwas erzählt!", sagte Ida schließlich und hob herausfordernd die Brauen. „Ich verrats dir nur, wenn du versprichst, es für dich zu behalten!"

„Ja, auf jeden Fall." Zum Glück hatte ich keine Schwierigkeiten mit so etwas.

„Gut. Danke, dass du da bist, ich brauche unbedingt jemanden, mit dem ich reden kann und der keine Witze macht." Vage ahnte ich, worum es ging, nur konnt ich es nicht greifen.

„Machen die Mädchen Witze?" Damit meinte ich Smilla und Annika.

„Ich wollte zuerst mit jemand ... Unparteiischem reden", meinte sie ausweichend und seufzte. „Ich bin so dumm!"

Überrascht blickte ich mich zu ihr um. Grimmig starrte sie vor sich hin.

„Was meinst du?"

„Ich weiß doch, dass es undenkbar ist. Dass er eine Freundin hat. Dass er viel zu alt ist. Warum muss er nur immer so nett sein!"

„Wer?"

„Ach, ich hab mich in Lars verliebt." Mit viel Mühe unterdrückte ich ein Schmunzeln. Deshalb war sie zu mir gekommen. Noch nie hatte sich ein Mädchen, hatte sich irgendwer mir anvertraut zu so einer heiklen Angelegenheit. Das durfte ich mir nicht verscherzen. Aber es war doch schon komisch, fast wie in einer Liebeskomödie. In einen liierten Lehrer verliebt, kurz nachdem ich einem unerreichbaren Mädchen verfallen war.

„Jetzt ist es raus", sie klang erleichtert. „Ich musste es loswerden, verstehst du?, sonst wär ich geplatzt!"

„Ich versteh dich, du weißt ja selbst: Bei mir war es ganz ähnlich mit Annika."

„Aber du warst so mutig und hast es *ihr* gesagt, persönlich!"

„Es musste sein. Es war weniger Mut denn Verzweiflung."

„Ich könnte es ihm niemals sagen." Lag ein Flehen in ihrer Stimme? Wollte sie etwa – „Soll ich es ihm sagen?"

„Nein, ich weiß nicht ..." Sie rang hilflos nach Worten. „Danke für das Angebot, aber ich möchte das nicht. Ich weiß nicht, was ich möchte." Sie verfiel in Schweigen, ich wusste nicht, was ich sagen sollte, um ihr zu helfen. Sollte ich sie trösten? Ihr Ratschläge geben? Schließlich hatte ich jüngst eine ganz ähnliche Herausforderung gemeistert. Sie selbst schien nicht recht zu wissen, was sie von mir wollte. Warum war alles so kompliziert?

„Also", sagte ich, sorgfältig meine Worte drapierend, „ich kann dir nur Anregungen geben aus meinen Erfahrungen ... aber du wirst vielleicht meine Handhabung nicht für dich gebrauchen können, schließlich bist du ein ganz anderer Mensch als ich." Oh, wie klang meine Rede sachlich, nie hatte ich recht zu trösten gelernt. Es musste so klingen, als verstünde ich nicht, wie sie sich fühlte – dabei wusste ich es allzu gut!

„Am Ende musst du deinen eigenen Weg wählen, den nur du als richtig oder falsch beurteilen kannst. Aber sicher, so leid es mir tut, wirst du auf diesem Wege leiden, denn keiner führt da herum. Es ist an dir, dies Leid weise zu nutzen." Ich konnte nicht sagen, ob meine Worte ihr halfen. Ausdruckslos blickte sie zu Boden.

„Du bist ein sehr spiritueller Mensch, kann das sein? Das hatte ich gar nicht erwartet. Ich hatte dich eher für den wissenschaftlichen Typus gehalten." Verdattert blieb ich stehen. Sie blickte sich um.

„So habe ich noch gar nicht darüber nachgedacht", sagte ich und überlegte. „Aber du magst recht haben ... Ja, ich glaube, ich bin sehr spirituell." Das erklärte mir vieles. „Einmal hat mir eine Freundin gesagt, ich hätte eine alte Seele."

„Eine alte Seele?" Wir setzten unseren gemächlichen Spaziergang fort, es dämmerte, so als würde die Welt ganz langsam ihre Augen zum Schlafe schließen.

„Ja, als würde ich lange schon auf dieser Erde weilen und hätte das Leben und die Menschen erforscht, sodass ich eine ausgeprägte Intuition habe. Ich glaube, es sind die charakterstarken, verständigen und nicht leichtgläubigen Menschen mit einer alten Seele. Diese, die orientierungslos, abhängig und naiv sind, hatten noch nicht viel Zeit, die komplizierte Welt zu begreifen und haben eine junge, kindliche Seele, die wenige Reinkarnationen erlebt hat."

„Das klingt interessant", meinte Ida nachdenklich, „ja, das leuchtet mir ein. Ich glaube, meine Seele ist auch recht alt – siehst du, ich kann Menschen zum Beispiel schnell einschätzen, da hab ich einen ausgeprägten Sinn für, als hätte ich mich in früheren Leben mit vielen unterschiedlichen Persönlichkeiten umgeben."

„Sicher, das kann ich mir bei dir gut vorstellen, und auch bei den drei andern Wundermenschen." Sie verstand, wen ich meinte. Natürlich verstand sie.

„Wundermenschen sind wir, so?"

„Ihr seid *meine* Wundermenschen. Jeder auf der Welt ist einer, nur ist nicht jeder als solcher entdeckt. Wenn du einen Fremden anschaust, kannst du es nicht sagen, ob er jemandem ein Wundermensch ist, oder ob er dir einer wäre. Ein Wundermensch ist einer, der geliebt werden kann. Und jeder auf der Welt ist liebenswert."

„Wie wahr." Wir gingen schweigend nebeneinander. Bald kamen wir an das Rondell, ließen es hinter uns, schritten fort, denn es war ein Ort aus vergangener Zeit, das Rondell.

Als wir den See umrundet hatten, der Abend warf seine eigentümlich langen Schatten auf den goldenen Boden und auf den grauen See, da kamen wir zum Stehen. Ida umarmte mich voll Dank, unsicher tätschelte ich ihr den Rücken.

„Du hast mir sehr geholfen", sagte sie, als sie sich löste. „Takk skal du ha!"

„Ja, hab ich?", fragte ich überrascht.

„Danke, dass du mich angehört und mir Rat und Trost gegeben hast. Du bist ein guter Freund."

„Es ist mir eine Freude", sagt ich ehrlich und verneigte mich im Dank, die Hände gefaltet. „Wir sehen uns später, nicht? Kommst du zur Disko?"

„Ich will Lars wiedersehen, der kommt sicher."

„So? Du willst dich bei ihm aufhalten?"

„Ich kann nicht anders, sonst fühl ich mich ganz elend." Sie war durchaus anderer Besinnung als ich, der ich mich alsbald isoliert hatte wie nur möglich, als ich wusste, dass es nicht ging mit Annika. Aber Ida sollte ihren eigenen Weg finden.

„Wenn du meinst, dass es das Richtige ist, kann ich dich nur unterstützen", sagte ich also.

„Ja, für mich ist es richtig." Sie wusste es sicher, so schien es mir. Bemerkenswert. „Tauschen wir noch unsere E-Mailadressen aus!"

„Gerne!" Ich kramte mein Notizbuch hervor, riss eine Seite heraus und entzwei. Als wir fertig waren, steckte ich den Zettel mit ihrem Kontakt in meine Manteltasche.

„Ha det bra!"

„Mach's gut", sagte auch sie und lief davon in die Nacht, ohne zurück zu mir zu blicken, der ich da stand, ihr versonnen hinterherschaute und über das Leben nachdachte.

7. Kapitel

Der Dom der Anarchie

Sie liebte Lars, der da neben ihr stand und nichts ahnte. Wie konnte es nur unglückliche Liebe geben, wo es doch eigentlich das Schönste und Grundlegendste in der Welt des Lebenden war? Ja, es gab solche wohl nur in menschlichen Kulturen, da es dort Verbote und Gewissen gab. Das war der Preis für eine zivilisierte Welt: eine Einschränkung in der Liebe, wie war das traurig.

So waren meine Gedanken, als ich hinter der Gruppe her schritt, die die Turnhalle als Ziel im Sinn hatte. Im unwirtlichen Vorraum trennten wir uns und ich folgte Lars in die Jungenumkleide. Dort hängte ich meinen Mantel auf und wartete auf den anderen, der sich gänzlich umzog. Er hatte erzählt, dass er Tanzen studiert und es auch unterrichtet hatte.

„Was ist eigentlich mit Ida los?", fragte er beiläufig und schaute auf. Seine gebleichten Dreadlocks waren zu einem Zopf zurückgebunden. Lars' Augen waren groß und interessiert und etwas besorgt, so wie es immer bei ihm aussah.

„Nichts, was soll sein?"

„Bedrückt sie etwas?"

„Ich weiß es nicht. Bist du fertig?"

„Ja." Er richtete sich auf und wollte mir folgen, der ich schon die Hand nach der Tür ausgestreckt hatte.

„Au, Kacke, verdammte!", rief er.

„Was ist passiert?" Ich wich von der Tür zurück. In schmerzerfüllter Gebärde griff er nach seinem linken Bein, anhaltenden Gefluches. „Ich habe mein Schienbein angestoßen." Hilflos stand ich da, was sollte ich auch tun? Pusten? Bei Seelenweh konnte man noch Ratschläge geben – das fiel mir leichter als einem Verwundeten beizustehen. Aber schnell hatte er sich gefasst.

„Ah, das hat gutgetan", seufzte er und rieb versonnen sein Schienbein.

„Das Fluchen?"

„Es ist gut, wenn man sofort alles rauslässt, ein lautes Schimpfen und das Leben kann weitergehen. Es ist doch albern, erst richtig zu zetern anzufangen, wenn der Schmerz schon fast verklungen ist."

„Recht hast du", sagte ich nachdenklich und glich seine Weisheit mit meinen Erfahrungen ab. Wie häufig ich doch Ärger ob Schmerz, Ungerechtigkeit oder Rücksichtslosigkeit nicht nach außen gelassen, sondern in mir behalten hatte, bis er mich dermaßen durchdrang, dass ich gar keinen klaren Gedanken mehr fassen konnte. Doch ich hatte Lars sofort zugestimmt, obwohl ich selbst zu seiner Erkenntnis noch gar nicht gelangt war. Oder? Manche Erkenntnisse, so schien mir, reifen langsam vor sich hin, dringen gemächlich aus dem Unterbewusstsein hoch, ganz nach und nach, tröpfchenweise, bis sie einen mit einem Schlag wie eine Offenbarung überkommen und man ganz überwältigt ist.

Häufig geschieht das in einem Dialog, so hatte ich die Erfahrung gemacht. Dann aber, wenn man redet und dabei äußert, was lange Zeit im Verstand herangereift ist, tut man ganz so, als wäre es das Selbstverständlichste, und später denkt man darüber nach und kommt zu dem Schluss, dass ohne das Gespräch nie so schnell sich die Erkenntnis verfestigt hätte, sondern nur weiter im Gehirn umhergewabert wäre, ohne Konturen und Kontext.

„Übrigens", sagte ich, „finde ich gar nicht, dass Wut eine verwerfliche Emotion ist."

„Nein, ganz und gar nicht!", pflichtete er mir bei.

„Sie ist doch die Emotion, die uns Sachen ändern lässt, oder?"

„Was meinst du?"

„Nun, wenn du beim Frühstück Marmelade auf dem Tisch vermisst, lässt dich nicht Freude aufstehen, oder? Traurig wärst du, wenn es keine Marmelade im Haus gäbe und Angst hast du davor, dass du den Kühlschrank öffnest und das Glas leer vorfindest. Aber Wut, in dieser Situation vielleicht Ärger, keine große Wut freilich, lässt dich aufstehen und nachsehen oder jemanden darum bitten."

„Das ist ja interessant." Lars nickte begeistert. „Dann ist Freude die nehmende Emotion."

„Ja, genau", sagte ich, froh, dass er so schnell verstand, worauf ich hinauswollte. „Aber mit Freude allein kommt man nicht weit. Sonst würde die Welt stillstehen, wenn jeder zufrieden wär und niemand etwas ändern würde."

„Und meinst du, Liebe ist die gebende Emotion?" Das ließ mich stutzen. Verlockend logisch klang das, schließlich war man in der Liebe überaus zu geben willig.

„Interessant", meinte ich, um Zeit zum Nachdenken zu gewinnen. War Liebe eine Emotion? „Ich würde ‚Emotion' als eine Gefühlsregung definieren, die im Extrem zum Weinen führt: Freudentränen, Wuttränen, Kummertränen und Angsttränen. Wenn man vor Liebe weint, ist es vielmehr vor Glück. Liebe steht über den Emotionen." Jetzt war es wieder: Die Erkenntnisse kamen mir beim Reden. „Jede Emotion kann auf einen selbst bezogen sein oder auf jemanden anders. Du kannst Angst um jemanden haben, dann zeugt das von Liebe, keine romantische meine ich, sondern Nächstenliebe." Lars nickte verstehend, seine Augen geweitet im Rausch des Begreifens. „Und das Gefühl von Verliebtsein ist vielleicht eine Mischung aus Freude und Angst", fuhr ich fort.

„So habe ich das noch nie betrachtet; wirklich stark, wie viele Gedanken du dir darum schon gemacht hast."

„In den letzten Tagen habe ich viel über unsere Empfindungen nachgedacht", sagte ich bedeutungsschwer. Wie viel hatten die Mädchen ihm eigentlich erzählt?

„Das ist verständlich." Lars nickte fragend zur Tür hinüber. „Wollen wir?"

Es war, als hätte ich eine andere Dimension betreten. Eine Welt fliegender Buntheit, feucht glänzender Gliedmaßen, fast flüssiger Klänge, die pulsierend auf meine Ohren drückten. Eine anarchische Welt, in der Rempelei erwünscht schien und der Boden von verschütteten Säften und Snacks starrte. Eine enge stickige Welt, die wahrlich nicht meine Heimstatt war.

Lars war in der kreischenden, zappelnden Menge verschwunden, hatte mich zurückgelassen in fremdem Terrain, das ihm unvorstellbarer Weise vertraut und lieb war.

Meine Sinne waren von Reizen überflutet, mein Denken und mein Körper gelähmt wie vom Gift einer außerirdischen Atmosphäre.

Mein Lieblingsort war mein Zimmer daheim, wenn ich allein in meinem Sessel saß und las oder schrieb oder sann und die Welt für eine herrliche Zeit stillschwieg.

Hier regierte Chaos.

Doch war es schrecklich? Ich sah genauer hin, neugierig wie ein Forscher, der seinen ersten Schrecken ob einer Welt überwunden hatte, in der keine bekannten Naturgesetze herrschten. Ich sah auf die wogenden Leiber, die entspannten Gesichter. Hier herrschte nichts als Freiheit. Hier war ein Ort des Körpers und der Energie, wo der Verstand betäubt wurde und die Emotionen freiließ. Hier durfte ich für wilde Stunden meine erschöpfte Persönlichkeit vergessen und das Feuer meiner Seele lodern lassen, wie der Wind es blies. Und ich ließ mich fallen in die Wellen, deren Gischt flatternde Hände waren.

Ich war eins mit dem Meer, in dem ich tauchte, mit den Rhythmen, die meinen Körper durchdrangen, mit den Menschen, die nichts mehr von mir unterschied.

Für ein paar Sekunden kannte ich keine Wut mehr, denn verändern wollte ich nichts, keine Angst mehr, denn mir konnte nichts passieren, keine Trauer, denn nichts fehlte mir – ich lebte die Freude des Lebens: tierische Freude, die frei von Gewissen war.

Für ein paar Sekunden nur, dann kristallisierten Raum und Zeit und stießen mich ab. Mein Körper tanzte seine Tänze, mein Gesicht war noch von der Ekstase gezeichnet, mein Verstand aber forderte sein Besitzrecht zurück und drang grob in den perfekten Moment ein. Ich war ein Außenseiter. Unentzündlich. Wich den Beneidenswerten aus, die wohl noch im Delirium schwebten, achtete darauf, niemanden anzurempeln, niemanden zu stören. Verzweifelt versuchte ich, wieder Einlass in die Welt zu erhalten, doch die Pforten waren verschlossen.

Ich schwitzte, meine Beine schmerzten, ich sehnte mich danach, meine Lunge zu lüften.

Ich war wieder in meiner ruhigen, kühlen Welt, saß auf einer Bank in der Nacht, der funkelnde Dom der Anarchie hinter mir.

Ich dachte an meine Tage im Exil. Der Winter hatte mich verfolgt und eisig an den Fenstern gerüttelt, die Bäume draußen waren wie aus Eisen, so kalt und starr. In einem seltsamen Gefühl aus Trauer und Trotz hatte ich mein Skrivebok auf den Schoß genommen und Verse niedergeschrieben, die mir durch den Kopf gegangen waren:

Blecherne Echos
von eisigem Eisen
in goldenem Garten
zu nackender Nacht

Schrauben und Nägel
an kupfernen Kiefern
und blitzernde Blätter
an ragendem Rohr

Unter Platinpappeln
da liegen wie Kiesel
die Münzen und Muttern
im Mattmessinggras

Stanniolgestirn
in strahlenden Spiegeln
der stählernen Sträucher
und Büsche aus Blei

Silberne Sägen
und tausend Trompeten
säuseln so sanft heut
die Stahlmond-Schalmei

Und es zirpen die Zinken
und zwinkern die Zinnen
und Klirren und Klappern
und Radrasseln raunt

Und stille scheppernd,
leicht traurig tretend,
rundum verchromt
marschiert der Mann aus Metall

„Eisengarten" hieß das Gedicht. Etwas trübselig, etwas zynisch war es, wenn ich darüber nachdachte. Wenn man nicht weiß, wie mir war, als ich es verfasste, könnte man fast denken, es sei heiter. Ich lächelte in mich hinein auf der Bank in der Nacht.

Jemand setzte sich neben mich. Ein schüchterner Blick. Es war Smilla mit den grünen Haaren, die in nassen Strähnen lagen.

„Ist es dir zu viel?", fragte sie mit diesem Verständnis, das ich so liebte. Es war wie eine Umarmung.

„Es ist nicht meine Welt", sagte ich, „es mag eine schöne sein, aber ich fühle mich damit nicht wohl."

„Du bist kein sehr geselliger Mensch, oder?"

„Wenn die Gesellschaft mehr als vier Menschen umfasst, bin ich raus."

„Findest du das schade?"

„Ich weiß nicht, vielleicht ein bisschen." Ich starrte in die Ferne. „Solange mir die Gesellschaft nicht aufgezwungen wird, ist alles gut, dann bin ich frei zu gehen. Jeder braucht gelegentlich Zeit für sich allein, ich bin da einfach etwas bedürftiger."

„Das ist okay. Ich versteh das. Manchmal hab auch ich die Nase voll von den ganzen Menschen und will für mich allein sein. Vielleicht etwas seltener als du." Ich schenkte ihr ein trauriges Lächeln. Und sie strahlte mich an, dass es mir ganz warm wurde in der kalten Nacht.

„Weißt du, ich habe Angst, euch zu verlieren, dich, Ida und Annika. Und Lars. Ihr seid meine ersten richtigen Freunde. Ich hab Angst davor, dass ihr mich irgendwann überhabt. Schließlich bin ich so ganz anders als ihr – meistens introvertiert und nachdenklich, nicht so ... leuchtend wie ihr."

„Ich finde schon, dass du leuchtest. Ich glaub, du machst dir zu viele Gedanken. Wenn du Angst vor etwas hast, wird es wahrscheinlicher, dass es eintrifft." Wie weise sie doch war. Hatte ich geglaubt, ich sei der Einzige, der sich Gedanken über das Leben und die Welt macht?

„Ich würd jetzt wieder reingehen, tanzen. Bleibst du hier?" Kurz wollt ich aufstehen und mein Glück nochmal versuchen, doch fehlte mir die Kraft dazu; ich wollte einfach nur hier sitzen und den Sternen Gesellschaft leisten.

„Geh ruhig. Danke für das Gespräch." Sie strahlte mich an, dann lief sie zurück zu den anderen.

Meine Augen tränten im kühlen Wind. Wehmut, die ich genoss. Sie hatte ihre ganz eigene Ästhetik.

Ein paar Sprossen erst hatte ich erklommen auf der Leiter, die in die Wolken reichte. Ich war erwachsen geworden, ohne dass die Welt ihren Zauber verloren hatte; der Zauber hatte sich nur gewandelt. Früher hatte ich das Leben von unten betrachtet, jetzt schaute ich von oben darauf. Ich hatte es persönlich kennengelernt und es ist mein Freund. Und Hand in Hand mit diesem Freund würde ich meinen Weg weitergehen, ich konnt es kaum erwarten.

In herrlicher Ruhe badend, in erwartungsvoller Euphorie, erhob ich mich von der Bank, blickte einmal noch zum tollwütig bebenden Haus zurück und ging dann heim und zu Bett. Ein Mann, der wusste, was er wollte. Ein Erwachter. Ein Mensch, der mühsam den Weg des Lebens ging, Kind dieser Welt wie ein jeder.

Anderntags fand ich eine E-Mail von Ida an meinem Computer vor. Voll Freude öffnete ich sie:

Hallo!

Danke nochmal für unser Gespräch gestern, es hat mir geholfen, Hoffnung zu sammeln.

Lars hat mich am Abend noch angesprochen. Er fragte mich – das tat er wirklich! –, ob ich Gefühle für ihn hätte. Bin ich so durchschaubar? Da habe ich mich ganz furchtbar gefühlt, wie ertappt. Ich konnte es nicht verneinen und er schien nicht recht zu wissen, was er sagen sollte. Es wird sicher nie wieder wie früher sein. Was soll ich denn jetzt machen? Ich werde die ganzen Ferien über an nichts anderes denken können. Bitte steh mir bei!

Liebste Grüße
Deine Ida

So ging das Leben weiter. Ich schrieb mit einem liebevollen Lächeln und die Welt duftete nach Frühling zum Fenster herein:

Liebe Ida,

es freut mich und ehrt mich, dass Du mir solches Vertrauen schenkst. Ich werde Dir nach Kräften helfen.

Eine Woche Ferien, das ist eine gute Zeitspanne, um einen Schritt zurück zu tun und einmal durchzuatmen. Auch für Lars wird die Angelegenheit sich entschärfen. Nach den Ferien könnt ihr ganz in Ruhe darüber sprechen und Du kannst ihn darum bitten, dass alles wie früher werden soll. Bestimmt hat er Verständnis, gestern war er wohl einfach überfordert.

Von meiner Seite aus will ich auch einen Dank aussprechen – einen schillernden, wärmenden Dank, dass Ihr Wundermenschen mich verstanden habt. Es war die bisher schwerste Zeit meines Lebens und ich habe viele Erkenntnisse gehabt über das Leben, die Menschen und mich selbst. Und ich habe Freunde gewonnen, welch unschätzbares Geschenk!

Die Zukunft wartet mit offenen Armen und einem Lächeln, das nach nassen Kiefernnadeln duftet,
Dein Robin

Dann lehnte ich mich zurück und ließ meine alte Seele baumeln.

Epilog

Unterm Kirschbaum

D amals dachte ich vielleicht, das Schlimmste überstanden zu haben im Leben, vielleicht wusste ich auch, dass das Leben das schwierige blieb, das es war. Ich erinnere mich nicht mehr so genau. Sicher hab ich damals viel gelernt, genug für eine Weile. Die Welt hatte sich gewandelt in meinen Augen, nun musst ich mich an diese neue gewöhnen. Schnell aber kamen auch neue Herausforderungen, neues Leiden, neues Lernen. Denn ich entdeckte nun andere Sachen in der Welt, die mir früher verborgen gewesen waren, die aber ebenso schwerwiegend sein können.

Unten im Tal liegt die Stadt. Jeder dort hat seine kleinen und großen Kämpfe mit dem Leben, ich bin einer von vielen. Ich lächle. Hinaus in die Welt treibt mein Lächeln, das gütige, wohlwollende, um all denen beizustehen, die ob des Lebens verzweifeln.

Was aus meinen Freunden, Wundermenschen, Seelenverwandten geworden ist? Nun, wir leben noch in der gleichen Stadt, gehen an die gleiche Schule und verstehen uns überaus prächtig. Lange ist es auch nicht her, dass Ida über Lars hinweggekommen ist. Überhaupt sind erst ein paar Monate vergangen. Von „damals" schreibe ich, weil es sich anfühlt wie eine Ewigkeit entfernt, wie ein früheres Leben, das sich meiner alten Seele besonders eingeprägt hat.

Das Leben geht weiter, die Zeit bleibt nie stehen. Verrückt, wie damals die Ereignisse wie Wellen sich über mir brachen und wie von ihnen heute nur so wenig noch übrig ist. Verrückt – ich schnaube belustigt und schüttle den Kopf, als ob ich diese Wunder damit besser begreifen könnte. Sie bleiben mir Rätsel, Rätsel von Zeit und Geist und Emotion. Wie Kosmos und Chaos zusammen die Welt formen: Physik und Natur, Unbelebtes und Leben, Raum und Geist. Wie sie sich ausgleichen, wie diese Paradoxien existieren können – das beweist wohl, dass alles möglich ist. Dass jede Überraschung im Leben übertroffen werden kann.

Nur bleibt der Brief vom Leben ein unübertroffenes Wunder, das ich ab und zu heraushole, wenn ich mich von der Welt entfremdet fühle. Der Brief ist mir Trost und Rat und wie ein Freund, der geradewegs aus einem Traum gestiegen ist.

Damit sei genug von der wilden Reise durch mein Leben, mein Denken, mein Verzweifeln und mein Freun. So sollen die letzten Zeilen meiner Geschichte Verse sein, etwas Ruhiges, lass mich sehen ...

Unterm Kirschbaum
ich sitze mit frischem Papier
und blick in den Saal der Ideen

Ein Gedanke
bekitzelt mein stilles Gemüt
ich schnörkle die Tinte ganz sacht

Unterm Kirschbaum
so träge – so trinke ich Tee
in ewiger Selbstzweisamkeit

Tusen takk

Elli, Julia, Anna-Lina und Ole,
meine Wundermenschen, Seelenverwandten,
Euch danke ich – wirklich, ehrlich –,
dass Ihr mich durch diese schweren Tage begleitet,
mich aufgefangen, mir Mut gegeben habt.

Ferner Dir, Steffi, dass Du mir eine alte Seele gegeben
hast,
Euch, meinen Eltern, dass Ihr mich geboren, geleitet, er-
mutigt habt,
Euch, meinen Brüdern David und Julian,
meinen Großeltern,
Isabella,
jedem, der mein Leben bereichert.

Auf das Wahre, Schöne, Gute!

Tusen takk.

❄